leykam: *seit 1585*

BIRGIT PÖLZL

Von
Wegen

Roman

leykam: *Belletristik*

Vorbemerkung

Drei Figuren, die ich mir so ans Herz habe wachsen lassen, dass sie *ich* sagen. Anna, Klaus und Georg. Sie sind an die vierzig und haben ein Jahr lang in einer Kommune auf einem hoch gelegenen Bauernhof verbracht: Der Ginthof ist Erinnerungsraum und Bezugshorizont geblieben. Eine Rückkehr ins alte Leben kommt für keinen von ihnen in Frage, zu groß ist die Skepsis gesellschaftlichen Entwicklungen gegenüber, zu einschneidend das, was sie erlebt haben.

Anna fliegt nach Nepal, um auf den Spuren ihrer Adoptivtochter Maja, die bei einem Unfall ums Leben gekommen ist, zu trauern. Klaus, Eroto- und Egomane, versucht gemeinsam mit Christine einen Bauernhof zu bewirtschaften.

Georg, der an erektiler Dysfunktion leidet, bricht nach Griechenland auf, um jene Frau wiederzusehen, die ihm aus seinen sexuellen Nöten geholfen hat.

Alle drei Figuren entwickeln eigenwillige Vorstellungen, fällen bizarre Entscheidungen – und ringen mir Bewunderung, ja, auch Liebe ab, weil sie, allesamt Sinn-Dilettanten, anders zu leben versuchen, und dieses Ringen Gültigkeit besitzt in einer Zeit, die Wandel braucht wie Luft zum Atmen.

ANNA

Klang alles anders. Maja! Maja!

Auf Maja hatten wir gewartet: Jahre, Herbert, ich, ein Paar, das noch und noch zusammenbleibt, und plötzlich sagten sie, das Kind sei abzuholen: Maja.

Vielleicht macht heil das Kind, verfugt den Riss und kittet. Ich flog nach Nepal, Maja abzuholen, Herbert flog nicht mit, weil seine Arbeit eine Unterbrechung grade nicht erlaube, *Workaholic, Egomane,* warf ich ihm zum Abschied an den Kopf. *Männer* ließ ich aus, weil ich mich schwanger fühlte, ließ aus den Mann, der Zeug aus Nepal in die USA verkaufte, duftete und an die Scheibe tippte; Fotos zeigte ich dem Mann von Maja, meinem Kind, das ich bald sehen würde.

War alles anders, weil ich mich schwanger fühlte, strange, ich wich dem Dreck nicht aus und sah kaputte Schlappen, sah zerschlissenes Gewand, trug Sonnenbrillen, auch wenn keine Sonne schien, damit ich über Blinde weinen konnte, die mir die Hand entgegenhielten, über Bettler, die am Rand der Straße Müll verheizten, über Kinder, die an Autoscheiben klopften, rüd dabei vertrieben wurden, Sonnenbrillen trug ich, auch wenn keine Sonne schien, damit ich über Hunde, die sich um ein Fleischstück balgten, weinen konnte, Köter,

ausgemergelt, ohne Fell, nur rosa Haut und Krätzen-
blüten, groß gewachsne Zitzen.

Dann sah ich Maja, Maja – hatt samtne Haut mein
Kind, gezopft das Haar, das an den Bund des Rocks ihm
reichte, rot der Rock und ausgewaschne Socken trug es
– schlecht gestopft warn Bluse, Socken, Rock, und spürt
ich Freude, die beschämte, in den Himmel hob – und
scharten sich die Kids vom Waisenhaus um mich und
lachten, fünfzehn teilten sich nen Raum, drei Betten
immer übereinander, öffneten die Kids vom Waisenhaus mir Truhen mit leuchtendem Gesicht, die unter
ihren Betten und auf Brettern lagen: Hefte, Zettel, Bücher, ausgewaschne Shirts und Kreiden, Stifte, Reifen,
abgetragne Schuhe, Bälle, Bänder, Fotos, Fotos, it's my
brother, it's my sister, it's my mum, my dad, und wieder
diese Freude die beschämte, in den Himmel hob.

Mein Glück, mein Sonnenschein war Maja; lehrte
ich sie, was man so können muss, lehrte Maja mich
die Freude und den Mut; und Leben, so viel Leben
war in ihr und nicht die Gier nach Leben, die ich
vom Pflichtprogramm her kannte, von der Kür. Berührte sie die Tiegel, Schälchen, Gels, Lotionen und
Shampoos und schmiegte sich, als ich ihr vorlas, in
den Arm; ich nahm sie auf den Schoß, ich wiegte sie,
ich drehte in der Dusche Wasser auf für sie und stellt
mich drunter, Maja starrte hin zu mir, um selbst dann
in der Dusche Wasser auf- und zuzudrehen, es zu
mustern, wie's in Strahlen aus dem Duschkopf kam,
die Wände runter rann und in die Tasse fiel, dann

legte Maja sich ins Bett und drückte sich ne Packung Chips, die sie zum Abschied mitbekommen hatte, an die Brust, umarmte diese Packung Chips wie eine Puppe, wie ein Tier aus Plüsch, und ich ging raus auf den Balkon und weinte.

Die Bäume, die am Wegrand standen, nahm ich wahr, den Plastiksack, den raschelnd leicht ein Windstoß hob, wir schauten Wolken an, wir gaben ihnen Namen, gingen Hand in Hand die Felder lang, wir spielten, schwiegen: alles Gegenwart; auch war mir klar, dass ich mit Maja anders leben würde, nicht dies designte Glück, das abgeschaut und durchgeplant in einem fort zu stemmen war.

Herbert holte uns vom Flugplatz ab, auch Herbert nannte Maja *Sonnenschein* und hatte kaum Affären mehr, er schnitt sich seiner Seele Innerstes heraus und gab es in ein Glas, das er nur dann aufmachte, wenn er zum Radfahrn ging mit Maja oder Skaten, wenn er ihr vorlas oder sich mit ihr nen Film ansah – ich wollte weg, nur weg, wenn Herbert, *come, come on* und *super, weiter, einmal noch* und *höher* sagte; sein Atem renne wie ein Irrlicht her vor ihm, verscheuche Majas Heiterkeit. Ach, Hirngespinst, er bringe halt was weiter und lebten, nebenbei, wir gut davon, denn was schon gehe mit nem Lehrerinnenlohn.

Flanierten wir durch Straßen Hand in Hand und Maja liebte Sauberkeit und Maja liebte Straßenbahnen und entwertete die Karten, setzte sich und schaute auf die sauberen Jeans und schmiegte sich an mich, bedankte sich nach jedem Satz, bis ich ihr sagte, dass sie nicht immer *danke* sagen müsse, ein Wunder warn für Maja Einkaufswagen, die sie sorgsam schob, Gefährte aus dem Traum, in die man legt, was einem so gefällt; gemeinsam kochten wir und warteten auf Herbert, mit Widerwillen ich, mit Freude Maja, und im Sekundenbruchteil fragte Herbert, was sie gelernt, gedacht – *danke*, sagte Maja, *danke*, wenn sie nicht weiter wusste, danke sehr, ich wollte aufstehn, weg, nur weg mit Maja in ein andres Leben, das nicht gespannt war, auf dem Sprung und jeden Augenblick vernutzte, nichts verschenkte, keinen Millimeter.

Mit Maja ging ich langsam, *schau, die Weiden, wie sie Kätzchen tragen, schau die Primeln, die Platanen;* neben Maja blieb ich sitzen auf dem Wiesenstück, trank Apfelsaft und schaute Äste, Blätter, den azurnen Himmel an, wir beide hielten inne, warn in diesem Stückchen Himmel. Maja weinte sich die Sehnsucht von der Seele, *Freundinnen* und *riechen, Roti riechen, Blumen riechen, Haare riechen, Seife, Lachen, Mist.* Da umarmte ich mein Kind und weinte mit ihm, Bäume, Schreine zeichnet' Maja, färbt' das Waisenhaus, den Himmel, Kinder rot mit Sindoor ein. Das Herz sprang mir zur Mitte und hinauf um ein, zwei Finger breit, wenn Maja lachte, wurde weit, wenn Maja mich frisierte, mir erzählte, mein Herz zog sich zusammen, wenn Herbert aufsprang, um ein Tuch zu holen und Speisen auf den Teller, in den Mund sich legte, schluckte, Maja im Sekundenbruchteil fragte, wie sie denn ihre Zeit verbracht, was Neues sie gelernt hat, jeden Fehler korrigierte und zur Übung analoge Sätze bildete.

Zur Schule hatten wir den gleichen Weg, ich lehrte, Maja lernte; rutschte auch in der Schule aus der Schnürung, was gebunden war und driftete, ich hörte mich Selbstbestimmtheit, Empathie und Geist den Schülern sagen, sah mich Wendigkeit, Verfügbarkeit und Effizienz verlangen; ich sah, dass Herbert ohne Freude war im Grunde seines Herzens und den Grund deshalb versiegelt hielt; auch Maja spürte es, obwohl er dauernd sagte, wie erfolgreich und gefordert er denn sei und sich am Leben spüre, Maja aber blieb ihm nah, Maja schmiegte sich an ihn und schenkt' ihm Zeichnungen mit Bäumen, Tieren, weiten Himmeln, schenkte Blätter ihm und Steine, Federn, Wurzeln und die Buchstaben aus der Schule.

Wir lernten Georg kennen, seine Frau und seine Kinder; Georg: Softic, Loser, ausgebrannter Wirtschaftsguru; Herbert fand ihn unerträglich – *er, nicht das System, sei krank, der Loser, der nichts auf die Reihe bringt und plötzlich von Bescheidung spricht.*

Ich mochte ihn, den Loser, mochte, was in ihm zu gehen lernte, sich nach Flügeln sehnte, ich mochte seine Zuversicht, dass er, der Loser, auf dem Lande anders leben würde. Der Unterhaltungskünstler Herbert mimte Georg, den Romantiker – mistete aus, stach Schweine ab und setzte Bohnen zwischen Gartenzwerge und Salat und alle hielten sich den Bauch; *ich geh aufs Land mit diesem Loser*, sagte ich, *und nehme Maja mit.* Ich wurde fremd, erzählte Maja von dem Haus am Land, in dem die Menschen gut zusammen lebten, achtsam seien, anders dächten, grün sei alles um das Haus und glücklich, blühe. Gerne lebte ich mit ihr in diesem Haus und Herbert käme uns besuchen; *Herbert, komm mit uns ins Haus, dann hast du eine Zeit.* Maja ließ ne Pause, *eine ... Zeit* und deutete das Nicht-Zerhackte, Ganze an.

Sein Atem sei zu schnell und treibe Maja an – er drauf immer, Maja leide deshalb, weil die Mutter esoterisch, egoistisch sei, und manchmal sagte er *schuld,* dass ich an Majas Schwermut schuld sei; er sei schuld, entgegnete ich, er, der alles bloß vernutze, nicht den kleinsten Spalt frei ließe, er sei schuld, weil alles Zweck sei, aber auch schon alles, und stritten wir, bis wir einander fremd und müde wurden.

Ein Jahr vereinbarten wir und nannten es *Versuch, Scheiß-Spinnerei* und *Schmonzes* sagte Herbert, die Traurigkeit versiegelt' er, dass sie nicht hochstieg und das Denken infizierte; *Sonnenschein,* nannte er Maja, und, *lieb,* sagt' er, *ich hab dich sehr, sehr lieb* - am Abend würd' er immer an sie denken, wenn er aufwacht in der Früh: sie müsse wiederkommen, bitte, wiederkommen, ja, versprechen bitte muss sie, dass sie wiederkommen wird; die Bitte schmeckte nach der Traurigkeit, die er versiegelt hielt, *ja,* sie würde wiederkommen, sagte Maja, schmiegte sich an ihn; Herbert winkte lang, als wir mit Sack und Pack ins Auto stiegen; sehr bescheiden waren Sack und Pack, nur wenig mehr als Fluchtgepäck.

Anarchisch war die Achtsamkeit, am Anfang galt nur sie, der Glaube dran, und wenig Regelwerk, kaum Hierarchie: Wir wollten anders denken, wollten, dass unser Denken anders sich erfinde; *die vom Ginthof* waren wir, *die Ginthof-Leut'*, wir regten auf; ein rotes Tuch, ein Dorn im Aug warn wir den Heimischen, auch schmeckte Glück ganz anders als gedacht, erschreckten die kaputten Ziegel, feuchten Flecken, das Gerümpel und der Putz, der arg gebröckelt ist; erschreckte uns der Matsch ums Haus; erschreckte uns das Teilen: Zimmer, Küche, Kasten, Betten, Bürsten teilten wir, auch Ablehnung erschreckte uns: Wir warn die Zugereisten, ohne Glauben oder mit dem falschen Glauben, die sich alles unter ihre schwarzen Nägel reißen wollten.

Glück, wir sagten: Freude, war in Zwischenräumen, in der Stille, in den Spielen mit den Kindern, Glück lag in der Gegenwart; wir hoben Fersen, winkelten die Knie und rollten über Ballen, warn im Heben, Winkeln, Rollen, warn in der Bewegung und nicht in der nächsten und nicht in der übernächsten. Bild-, lichtgängig warn die Grenzen, lose Fügungen, Hannah Arendt, Wiesen, Roland Barthes, der Nachbar, ich; der Petermichl lieh mir seine Unschuld, ich ihm Wörter: eine Möglichkeit im Glück, auch Mira und Holunderblüten und Maja lachend auf die Buchenblätter, die zur Welt wie grüne Kälber kamen, zeigend, aufgehoben alles, wir in allem aufgehoben Augenblicke lang – dann schrie ein Vogel, fiel ein Blatt zu Boden, ein Gedanke ein, wurd' eine krank, erhängt' sich einer, doch das Leid, es schmeckte anders, etwas blieb vom Glück in ihm.

Maja hat sich wohl gefühlt von Anfang an, es war genügend Zeit in ihrer Zeit, um zu verweilen, das Kalb zu bürsten, Küken, Ferkel in den Arm zu nehmen, Wessely, den Ginthof-Hund, zu streicheln, es war genügend Zeit in ihrer Zeit, um Blätter, Hölzchen, Steine, Nadeln aufzulesen; schwebend leise war der Atem, nicht mehr scharf gezogen – über Brücken und durch Kammern strich er, richtete Gedanken, Maja konnte Georgs Hand in ihre nehmen und die Nester anschaun, die die Sonne auf den Boden legte oder auf dem Traktor neben Mira sitzen, um mit ihr zu singen, Maja konnte Theater spielen mit den Zwillingen, Maja konnte Glück vom Himmel und vom Grund des Herzens pflücken: Glücklich-Sein war Majas himmlisches Talent; sie kämmte Haare, pflückte Blumen, nahm mich an der Hand und zeigte mir die neugebornen Kätzchen, schmiegte sich an mich.

Wir hielten Wort und fuhrn zu Herbert in die Stadt, extrem konträr warn die Entwürfe: cut, nein, unbedingt versuchen, ja und doch und nein und Herbert war erregt und sprang ins Auto, startete und reversierte, Maja rannte, rannte ihm ins Auto.

KLAUS

Ich musste irgendwo unterkommen, #lebenohnetwitter

🐦 Alles sollte mager sein, Alltag, Ego, Wiese, Klo, freilich sagten wir nicht, mager, wir sagten *BESCHEIDEN, BESCHEIDEN*, nannten mager nur die Wiese, die wunderbunt blühte und zur Matrix im Vergleiche-Himmel avancierte.

Spätgeborne, erdachten wir ein Gesellschaftsideal (wieder einmal): Jeder nimmt so viel vom Raum, den Nährstoffen, vom Licht, wie er braucht, nicht mehr (und ohne Wauwau), weil er ja glücklich ist, wenn alle glücklich sind.

Gesindel, hießen wir, Zugereiste, Spinner, Brut, Kommunen-Pack, den falschen Glauben hatten wir (hatten SIE: im Unterschied zu den Brüdern und Schwestern begann ich das Leben 900 Meter über dem Meeresspiegel agnostisch).

Ganz zu Beginn hatte ich noch lässig geredet, *kann ich in eurer bescheidenen Utopie wohnen* und so, das hatten sie mir bald abgewöhnt, auch gab es kein Handy, kaum vorzustellen im Nachhinein.

Wir, nein, sie: die Brüder und Schwestern versuchten als Kommune zu blühen, waren empathisch (zartelten), um das Denken aus den Bahnen zu wiegen, die ums Ego sich geschliffen hätten.

Die Brüder und Schwestern wollten die Suppen, die eingebrockt waren, nicht weiter auslöffeln (teils waren sie eingebrockt, teils hatten sie sie selber eingebrockt, auch so ein Thema).

Unter den Erdvernarrten kamen meine Bonmots nicht besonders an, *ich kann nicht direkt vor dem Wind schneller als der Wind segeln, aber ich kann schneller als der Wind segeln,* ein Beispiel.

Sie: die Brüder und Schwestern drängten zum Du, und Du war auch die Glockenblume und die Kuh.

Die Hiesigen wollten wir ans Herz nehmen, um gemeinsam Mimosenland zu bestellen, die Hiesigen aber verwehrten sich gegen uns Zugereiste, weil wir auf die Rohheit, die Teil ihrer Ordnung war, und auf die Kirche zeigten.

Man kam nicht mit Überheblichkeit, man kam mit Entwürfen, die wie Bannsprüche in die Plastikfenster-Ästhetik, die Lagerhaus-Romantik, das Mode-Zalando der Bauern spazierten (was eine Störung bewährter Sinnausgabestellen bedeutete).

Man könne keine neuen Ozeane entdecken, wenn man nicht den Mut habe, die Küste aus den Augen zu verlieren: eines meiner Bonmots, traf auf offene Ohren, weil die Brüder und Schwestern Ozean mit ozeanischem Gefühl gleichsetzten.

Die Status- und Selbstoptimierungs-Sätze seien so eingeflüstert gewesen, sagten die Brüder und Schwestern, dass sie Ego-Kathedralen errichtet hatten, deren Betrieb ALLES abverlangte, man hatte sich die Riemen aus der eigenen Haut zu schneiden.

Sie redeten das Kleine schön; den Lindenbaum vor dem Haus, die Furchen, in die sie Kartoffeln legten; die Gräser, die ihre Waden streiften, ließen sie bedeutungsvoll sein, als trügen sie Heil in sich.

Mein Vater hockte mir auf den Schultern *(anluven, Klaus, an den Wind, Klaus, die Pinne an das Segel – schau, die Fock killt, leicht abfallen jetzt, abfallen, die Pinne andersrum, Himmelherrgott, wie blöd kann man sein, abfallen ist dort, wohin meine Hand zeigt, Klaus)*.

Sie seien nur wirklich in der Anstrengung gewesen, sagten die Brüder und Schwestern, sie seien immer weitergelaufen mit hechelnder Zunge, auch hätte das Verbesserungspotential des eigenen Körpers sie überfordert, deshalb die Weidezeit.

Mit Grazie versuchten sie die Ego-Kathedralen abzutragen, die Augen (Herzen) auf Beginn gestellt.

Bis an den Horizont reichten die Schmetterlingsanalogien, ständig wollte man, singsing, darüber reden; die Überhöhung sollte freisprechen von der Vermurksung des eigenen Lebens.

Ich konnte den Sinn, der in den Furchen, im Gras und auf dem Waldboden lag, nicht spüren anfangs, dort lagen Trümmer, die mir den Atem nahmen (Geldvermehrungs- und Geldbeschaffungsgeschichten, Geldverschiebungsstrategien und Geldrückgabeversprechungen).

PENGPENG – PENG: Insolvenz, PENG: Konkurs, PENGPENG: Privatkonkurs.

Noch immer kann ich sie abrufen: die beiläufige Stimme, es habe sich was aufgetan, es gebe eine Chance, fünfzehn Prozent Rendite im ersten Jahr, Tendenz steigend; ab 700.000 Euro sei man dabei.

Meine gierverklebten Synapsen ließen nur die Bahnen für Gedanken an den sagenhaften Reichtum frei, grell ausgemalte Bilder, als sei ich auf Drogen.

Die Wirklichkeit wurde ident mit dem Versprechen, es gäbe kein Risiko, nur Gewinn; ihre Projekte ließen sie glänzen im Netz und auf Meetings.

Sie, das waren die schäbigen Ritter: der Experte und der Key Account Manager, sie, das waren wir: die Gier-Schnallen.

Euphorisch die Stimmung, als legten wir uns Linien, *wir reden, meine Herren, von Renditen im zweistelligen Bereich* (Damen waren nicht dabei); und er, der Experte, und er, der Key Account Manager und Freund eines Freundes, seien reich geworden auf ähnliche Weise.

Die PROJEKTE PROJEKTE waren die Eisen, die sie heiß redeten (den Cricketplatz in Südafrika, das Jagdschloss am Plattensee, das Ressort auf Fidschi, die Müllverbrennungsanlagen in Kanada).

Das Benehmen war ein Beschwören, als besprächen sie die Füße von Pferden, so Geldlenkung, so Geldhebung, so Geldmehrung.

Ich hatte nicht begriffen, dass eine Verblödung vonstatten ging: sie hatten mir das Rationale aus dem Leib gesungen (ich hatte mir das Rationale aus dem Leib gesungen), der Selbstübergriff führte in eine rauschhafte Erregung, ich gehörte zur Tafelrunde.

Im Keller ein Bunker mit Goldbarren, ein Tresorraum, in den man uns führte wie in eine Verheißung – als würden sie uns den heiligen Gral zeigen; wir waren die Auserwählten, die den letzten Zipfel ihres Denkvermögens in die Schale legten.

Wir sprachen darüber, wie viel Geld vor uns läge, wir sprachen unaufhörlich darüber, mit fliegenden Fahnen bewegten wir uns auf die Deals zu.

Wir warteten.

Wir fragten, ohne dass sich der Experte und der Key Account Manager zu einer Antwort bequemten: Die gedanklichen Fügungen mauserten sich zu absurden Erklärungen, zu Kitsch- und zu Hoffnungsbildern.

Das Update nach Monaten strahlte in Form eines neuen Projekts, das noch mehr Rendite versprach und die anstehende Ausschüttung auf einen symbolischen Betrag reduzierte.

JOJOBA JOJOBA sei der Treibstoff der Zukunft, eben jetzt würden Plantagen ungeheuren Ausmaßes parzelliert und sie, der Experte und der Key Account Manager, hätten zugeschlagen, mit unserem Geld in der Schale.

Unglaublich, wie das Brainwashing für (uns) Saugierige funktionierte.

Ich suchte mir die Schönen, die alles gaben – Sterne, die

am Himmel hingen, um sich bedienen zu lassen, montierte ich ab; auch begann ich darüber Buch zu führen.

Der Glaube war ein Schranz, der Glaube war ein Flug, der die Gewinne sicher redete: ich kaufte Wohnungen in bester Lage.

Im Kosmos, den ich mir eingerichtet hatte, markierten Ekstasen die Punkte, über die ich Kurs zu halten imstande war, auch als die Sache rauer wurde.

Klar zur Wende, Vater erschien mir im Traum, *anluven, Klaus, die Pinne von dir weg drücken und laut und deutlich REE sagen; nicht weiter abfallen, Klaus, stell die Pinne mittschiffs, Klaus, Himmelherrgott, was soll das, in die Mitte, Klaus.*

Ich war offen für alle, Schmalgesichtige mit großen Schamlippen, Rundgesichtige mit schmalen Schamlippen, am liebsten waren mir herausdrängende Labien.

Meine Glaubensbereitschaft wuchs und inspirierte zu Großkotzereien, die mich selber begeisterten – *ein richtiger Steuermann fährt mit zerrissenem Segel; selbst wenn die Takelage verloren ist, zwingt er den Rumpf noch auf Kurs.*

Das Aufbieten war in die Zukunft gerichtet und beschwor eine Zeit, in der zur Erfüllung käme, woran wir ungeteilt zu glauben bereit waren – ich überredete Freunde, mir ihr Erspartes anzuvertrauen und borgte noch einmal Geld von den Banken.

Meine Gier spielte mit der Gier der anderen; wenn sie sich die Zunge anlegte, war sie eine Überzeugungsmacht.

In Pornos waren die Schamspalten schmal bis auf wenige Ausnahmen.

Als ließe ich sie den Schrein mit der Hand der heiligen Anna berühren oder die Ampulle mit dem Blut des Papstes oder die Paramente Pater Pios, so hatte ich die Geber überzeugt, auch sie begannen zu hoffen in dieser abgefahrenen Gier.

In Abständen wurde das Datum der Ausschüttung nach hinten verschoben, auch waren der Experte und der Key Account Manager nicht erreichbar.

Obwohl sie alles ständig neu benannten, hielt ich auf ihre Geschichten und reichte sie den Darlehensgebern weiter – das nützte mich ab, ich verlor an Glanz.

Der Experte und der Key Account Manager rückten die fernere Zukunft in helles Licht: über die nähere Zukunft würde man sich gerettet und die Verluste abgeschrieben haben, wichtige Partner seien abgesprungen.

Die Nachricht störte das Miteinander, die Banken, Bekannten und Freunde wollten ihre Schäfchen aus dem pekuniären Sumpf ins Trockene treiben und forderten ihre Darlehen zurück.

Als sie mir nahe traten, begann ich mit den Armen zu schlagen, dass sich an der Oberfläche Krönchen bildeten, eine vertrauensbildende Maßnahme, die sie Aufschub gewähren ließ für eine befristete Zeit.

Es galt Reste (oder Reste von Resten) zu retten und so zu verschieben, dass sie nicht sofort verdampften, wenn sie ins Spiel kamen.

Immer noch konnte ich auslaufen, weil ich die Manöver im Effeff habe, die mein Vater mir eingebläut hatte.

Wir müssen uns Sisyphos als glücklichen Menschen vorstellen, wie scheiße war dieser Satz im Angesicht des Brockens, den ich tagaus, tagein hinaufrollte unter Aufbietung all meiner Überzeugungskraft.

Die anfangs dagewesene Lässigkeit zerfiel und musste gespielt werden, behauptet gegen den Lärm, den die Verbindlichkeiten schlugen.

Ich hielt die Augen gesenkt, weil sie das Weiße herauszukratzen begannen, zornige Schabarbeit von Seiten der privaten Gläubiger, professionelles Abtragen der einzelnen Schichten durch die Bankenvertreter.

Damit ich im ständigen Hinab nicht ausharren musste, rief ich mir das Fisten und das Segeln ins Gedächtnis, Mutter verscheuchte ich, so gut es ging, weil sie die Arme dauernd um mich legen und zu weinen beginnen wollte.

Die heimliche Freude das Sisyphos besteht darin, dass sein Schicksal ihm gehört, solche Sätze müsste man sagen können, ohne laut aufzuheulen.

Ich stellte mich hin vor die Partner und Freunde, zuckendes Lid, weg alles, weg eure Darlehen.

Ich meldete Konkurs an, was den Apparatschiks Beine machte, die die Scherben zu verwalten hatten, Scherben, die nicht einmal dazu reichten, die Arbeit der Apparatschiks zu bezahlen: ich, der Konkursit, stand zur Verfügung.

Ich überlebte den Pranger, ich überlebte den Ruin meiner Freunde, weil ich den Gefühlshahn zugedreht hatte, oder die Gefühle waren einfach versiegt.

Ich meldete Privatkonkurs an, und weil es sieben Raben, sieben Geißlein, sieben Zwerge, sieben Laster, sieben freie Künste gibt, werden meine Einkünfte sieben Jahre lang abgeschöpft.

Sieben mal sieben ist feiner Sand, jeden Brocken, der im Sieb blieb, hielten sie gegen das Licht, die Gläubiger reichten Klage ein gegen mich.

Das rief man mir nach samt Unschuldsvermutung: Klaus K. MSc, erfolgreicher Unternehmensberater, zunehmend wirtschaftliche Schieflage durch dubiose Provisionsgeschäfte, bei denen Gläubiger wissentlich hinters Licht geführt wurden.

Was ich im Spiegel sah: Klaus, dünn, im Verhältnis zur Körpergröße kleiner Kopf, schüttere Haare, zwei Furchen über die Wangen.

Was in den Medien stand: Klaus K., Sohn des bekannten Radiologen Gery K., wurde angeklagt wegen Betrugs.

Kalt stand ich vor dem Richter, acht Monate bedingt wegen Darlehensbetrugs, kalt innen der schäbige Ritter.

Sein Fels sei seine Sache, ebenso ließe der absurde Mensch, wenn er seine Qual bedenke, alle Götzenbilder schweigen, geblähte Luft.

Ich zog mich auf den Ginthof zurück, ohne den Idealismus der Brüder und Schwestern zu teilen (ich konnte die Drecksarbeit nicht kathartisch finden und eingehängt in den Abend schlendern), ich musste, mittellos, einfach irgendwo unterkommen.

ANNA

Wolkenkind

Quarz lag über Rippen aus Granit, die sich über den Bergrücken bis an die Piste zogen. Niedrige Sträucher wuchsen auf Hängen, *Windpocken*, sagte Liza auf dem Beifahrersitz, um mich ein wenig aufzuheitern, *Nester*, sagte ich und begann laut zu weinen. Zum Fahrer, der gegen das Weinen zum hundertsten Mal *Om Mani Padme Hum* spielte, sagte Liza auf dem Beifahrersitz, *another song, please.*

Ich hab dich lieb, ich hab dich lieb, Blutfäden aus der Nase, Blutfäden aus den Ohren. Groß die Kühlerhaube über uns. Herbert hatte sich hingehockt, Herbert hatte seine Hand gestreckt. Er durfte sie nicht berühren. *Und Gott* hab ich gedacht, *Gott* auch gesagt, *hab dich lieb* zu Maja – und dann gedacht, dass es ihn gar nicht gibt. Oder Gott hatte sich auf Gesichtsgröße zusammengezogen, auf Kindergesichtsgröße.

Das hatte sich ausgewachsen: dass alles unwirklich wird.

Mit der Hand musste ich über den Tisch, ob der Tisch der Tisch noch ist, oder ich musste mit der Hand ans Knie, ob das Knie das Knie noch ist. Nur Maja war da, Maja, die Herbert getötet hatte. Das habe ich nur einmal

gesagt und er hat geweint, da habe ich überfahren gesagt, dass er sie überfahren hat.

Das war die Angst auch, die ich hatte: dass Maja gleich
unwirklich würde wie alles andere. Nur noch selten
konnte ich die Haut in Majas Gesicht spüren, samten,
mit Härchen zu den Ohren hin, nur noch selten konnte
ich Maja frisieren, den Scheitel ziehen durchs dunkle
Haar und dabei verstohlen die Krone berühren, den
Himmel, den mein Kind dort liegen hatte. Manchmal
sah ich die Tür durchs Kind hindurch, manchmal sah
ich den Baum, vor dem Maja stand, den Ast, der tiefer hing, wenn er im Herbst die Früchte trug. Riechen
konnte ich Maja noch. Ich wusste, wie sie am Haaran-
satz roch und am Hals, ich wusste, wie Maja roch, wenn
sie vom Sommer draußen kam und wenn sie Frühherbst
in den Kleidern trug. Dann war es Abend und ich ent-
kleidete Maja, die undeutlicher wurde, und roch die
Achseln und den Bauch, nach Beeren roch Maja, wenn
sie die Arme hob und über ihren Kopf das Hemdchen
streifte, still roch sie um den Nabel, ganz leicht nach
Tamarinde um die Scham.

Wolken fuhren über den Himmel – wie Krapfen, sagte ich zu Maja – fuhren als Schatten über den Rücken
der Berge, verdeckten die Sonne, gaben sie frei, rechten
das Licht, zogen es von einem Punkt aus in Streifen.

Der Jeep hielt an, wir stiegen aus. Der Fahrer stellte
sich hinter den Wall am rechten Rand, wir hockten
auf der anderen Seite hinter dem Damm. *Schön*, sagte Liza, die neben mir ein Feuchttuch aus der Tasche

zog. *Ja, schön*, sagte ich und drehte mich weg und rief Maja, damit wir gemeinsam auf die Wälle gingen; erst raschelten die Gräser, erst wichen wir den Disteln aus, dann sahen wir Sand und Licht und Berge, die hinter den Wällen wie Tierleiber lagen; wir nannten sie Katzen- und Bärenberge, wir nannten sie Hundehügel und Elefantenrücken. Hinter den braungrünen Leibern gleißten Berge aus Schnee; *das sind die Königinnen,* sagte Maja. *Ja,* sagte ich und nahm sie an der Hand, damit sie nicht zu den Königinnen lief, weiß und schön, wie sie waren. Ich ging mit Maja zum Auto zurück, ich bettete sie im Auto neben mich und machte die Augen zu, damit ich nicht reden musste.

Ich spürte Lizas Hand auf meinem Oberarm, wir hatten angehalten, die vorderen Türen standen offen. Ich stieg aus, ging durch das Tor, betrachtete die Gebetsmühlen, ging um den Schrein, ging ein zweites und ein drittes Mal - Maja kam nicht mit auf den Platz, Maja trat nicht durch das Tor, ich sah nur den Fahrer und die Frau und ein paar Fremde, die auf den Stufen vor dem Tempel saßen, das Rad aus Gold stand still zwischen den Gazellen über ihnen, darunter das rotbraune Band aus Stroh, die nach außen laufenden Mauern. Eine Frau warf sich hin, streckte die Arme nach vor, stand auf, führte die Arme über dem Kopf zusammen, winkelte sie, berührte mit den Daumenballen die Stirne, das Kinn, die Brustmitte, kniete sich hin, glitt wieder nach vorn, lag gestreckt im Staub; einen Plastikschurz trug die Frau und Lappen hatte sie an den Händen. Nach jeder Umrundung sah ich ein anderes Bild, die Frau war dem Tempel um zwei Körperlängen näher gekommen oder der Fahrer hatte sich eine Zigarette angezündet, Liza, die neben dem Fahrer gestanden war, stand zwei Stufen höher, hatte die Sonnenbrille abgenommen und die Kamera auf die Frau im Staub gerichtet, ein Vogel kreiste über ihnen. Ein Vogel kreiste nicht mehr über ihnen.

Wir warten, rief Liza zu mir herüber. Ihre Stimme war deutlich, hatte sich nicht verloren, als stünde ich in einem Haus aus Plastikfolie, Glas und abgeblühten Rosen. Als hätte Maja wie früher vom Garten her gerufen. Sandkuchen, Ketten aus Löwenzahn, Zitronenfalter, Kreidebilder, Blumensträußchen, Birkenrinde waren in der Stimme. Vielleicht, weil sie sanft war, ohne Anflug von Ungeduld, vielleicht, weil die Frau im Staub lag und der Vogel wieder kreiste.

Als ich mich bückte, um die Schuhe auszuziehen, sah ich den Hof leer und hart ausgeleuchtet; die anderen hatten den Vorhang zur Seite geschoben und waren in den Tempel getreten, die Frau mit dem Plastikschurz warf sich neben mir nieder, Maja kam nicht, obwohl ich sie rief. Ich schob den Vorhang ein wenig zur Seite und sah, wie die anderen Geld zu Geld legten. Überall Scheine, in Schalen auf Getreidekörnern, zwischen Vitrinenscheiben, vor Bildern, die reinkarnierte Lamas zeigten.

Weinrot lagen die Mäntel der Mönche, zwölf Filzmäntel in jeder Reihe. Von oben fiel ein wenig Tageslicht herein, das die Farben grell machte, die weiter hinten im Raum von den Butterlampen gedämpft waren, besänftigt. Wie das Bettzeug, das am Abend lindgrün wurde, wie meine Stimme, die feiner wurde, wenn ich im lindgrünen Bettzeug vorzulesen begann. Liza legte mir ihre Hand an den Rücken und schob mich zu einer anderen Statue hin. Tausend Arme, sagte Liza, und Augen in den Händen. Ich rückte von ihr und zündete Butterlampen an, zeigte Maja die Statue und bat sie, dass sie bei mir bleiben möge.

✦

Gegen Westen fuhren wir. Als Gespinst lag Licht in den Blättern der Pappeln und Weiden, die ihre Wurzeln halb unter Wasser hatten, verhalten lag das Licht auf Säulen, die Zäune übers Hochtal zogen und gleißend lag es auf Sand, auf Stegen aus Kies, auf Bergen, die sich dahinter erhoben. Es war ohne Anspruch. Es hob die Dinge und haarbreit den Raum über uns. Diesseits des Flusses lag im Reif momentlang das Licht und jenseits des Flusses im Dorf, in den Scheiben und Metallleisten dort. Das Licht badete, hüpfte, splitterte, fing sich, legte sich in Arme, Ärmchen. Zog Bänder.

Fuhren Wolken über den Himmel, kämmten das Licht: über das Schwemmland, über die Wälle, die Berge, über den Rücken der Schafe, die in Herden zusammenstanden. Fuhr das Licht in den Jeep, fuhr das Licht über die Figur, die der Fahrer berührte, fuhr es dem Fahrer über den Arm und Liza, die neben dem Fahrer saß, über die Wange.

Durch Maja sah ich hindurch, sah die graue Polsterung, sah Nähte, die im rechten Winkel auseinanderstrebten, abgewetzte Stellen. Ich konnte sie nicht beim Namen rufen, ganz fein war mein Kind, eine Wolke, die neben mir lag. Ich spürte, wie grob ich war, ich spürte, wie mein Kind verstillte. *Maja,* sagte ich leise, *Maja, du darfst gehen,* sagte ich immer wieder, bis mein Herz weit und aus dem Herzen eine Wiege wurde.

Als wir ausstiegen, nahm ich Maja an der Hand, und sagte, *bald, bald kannst du gehen*. Maja wehrte sich nicht, Maja hatte ihren Körper wieder und ging mit mir ins Zimmer, das schmutzig war, Haare überall, Plastiksäcke, Essensreste. Ich richtete das Bett für Maja, die still auf dem Sessel saß und durchscheinend zu werden begann. Ich hob Maja ganz sacht ins Bett und setzte mich zu ihr; ich konnte Maja wiegen, mein Herz war weit genug. Die Spannung ging aus den Kiefern, den Knien, ich hatte keine Angst jetzt um sie. Dann ging Maja durch den Raum zur Tür: Ich sah sie verschwinden und folgte ihr, um nachzusehen, wo sie sei. Vor dem Haus kniete Liza und wusch ihr Haar in einen Eimer. Zwei Frauen saßen daneben auf einer Bank; Amulette, Silberplättchen hatten sie um den Hals, an den Ohren; ihre Hände waren schmutzig und aufgequollen, schwarz und eingerissen die Fingernägel, Schafwolle war auf Planen neben sie gebreitet, Kräuter lagen in tiefen Körben zum Trocknen, in flacheren Körben lagen

Chili und dunkle Schoten. Der Fahrer wusch Staub von der Scheibe; unterschiedslos war alles in goldgelbes Licht getaucht: der Fahrer, die Frauen, die Häuser, die Hunde, der Dreck, der an den Kanten und Ecken sich sammelte, die dürren Pflanzen.

Ich ging hinters Haus, Kuhfladen klebten zum Trocknen an Wänden, Kuhfladen waren zu Haufen geschichtet; ich folgte einem Pfad, der an Schreinen vorbei auf einen Hügel führte. Ein Hund kam und strich mir um die Waden, ich strich dem Hund übers Fell, obwohl mir grauste vor den kahlen, schrundigen Stellen; der Hund, würde ich zu Maja sagen, ist semmelfarben wie Winnie gewesen, nur dünner, viel dünner, wir sollten ihm die kranken Stellen mit Salbe bestreichen. Wo ist Winnie, würde Maja fragen, und ich würde sagen, drüben ist Winnie, drüben und läuft über Wiesen und freut sich und hat keine Geschwüre und hat ein glänzendes Fell.

Ich hob den Kopf und schaute über die braungelben Flechten und Gräser, über die Schreine nach Westen, wo die Sonne hell im Dunst aus Aubergine und Grau am Himmel stand. Der Hund erhob sich, gähnte und machte sich auf den Weg ins Dorf zurück, vom Bellen dort gerufen.

Ich blieb stehen, hielt meine Zehen still. Die Stille konnte in die Fersen gehen, in die Knie. Die Stille konnte sich unter meinen Nabel legen. Ich rollte langsam über die Fersen und Ballen ab, die Spannung ging aus dem Körper, ich spürte die Haut zu den Achseln hin. Die Sonne berührte den Grat, die Sonne sank hinter ihn. Ähnlich würde Maja dann gehen, ähnlich schnell. Licht schickte die Sonne von drüben, Lichtgrüße, die Wolken: eine Herde rosa Lämmer.

Ich sehnte mich nach Händen und dachte an den Hund, lachte kurz. Die nassen Haare fielen mir ein, Liza, die vor dem Eimer gekniet war. Ich schaute nach Osten, sah Schreine, Häuser, Berge als dunkle Schemen und drehte mich zurück: Der Widerschein war verschwunden, grau war der Dunst und größer die rosa Herde. Ich ging schnell ins Dorf hinunter, Licht brannte in den Häusern, Liza trat mit nassem Haar aus der Tür, Abendessen, sagte sie und trat zurück, um sich das Haar am Ofen zu trocknen. Neben ihr hob eine Frau mit rotem Garn in den Zöpfen Fladen aus einem Korb in den Ofen, holte dann Schalen, die sie auf den Tisch neben die Thermoskanne stellte. In der Suppe, die die Frau dann brachte, schwammen Nudeln und Kohlblätter. Ich würde eine Schale voll für Maja mit aufs Zimmer nehmen.

Ich setzte mich zu Liza an den Ofen, so nah, dass ich sie berührte. Wir saßen nebeneinander und schwiegen, schauten über den gestampften Boden, über den niederen Metallofen, der zu glühen begann, zu den Bänken, auf denen Männer unter groß geblumten Kunststoffdecken lagen. Es tat gut, Liza so warm zu spüren. Liza legte mir den Arm um die Schulter.

In der Früh war der Himmel sehr klar. *Bright sky*, sagte der Fahrer und wischte der Gottheit, die am Armaturenbrett befestigt war, über die Brust mit dem

35

Finger. *Men seem to like her*, sagte Liza neben ihm. Der
Fahrer nickte, *women also* und spielte *Om Mani Padme
Hum* wieder.

Wir stiegen aus, gingen langsam durchs karge Tal,
die Klarheit hob die Herzen, die Schritte. Die Zeit ver-
schwamm im Raum. So klar war der Raum, dass wir
ihm nichts beilegen mussten. Zärtlichkeit entspann sich
zwischen uns. *Married*, fragte der Fahrer, als wir ins
Auto stiegen, *no*, sagten Liza und ich. *Me, married*, sagte der Fahrer und zog sich Handschuhe an und wischte
der Figur wieder über die Brust. *Children*, fragte der
Fahrer. *No*, sagte Liza. *One child*, sagte ich, *where*, fragte
der Fahrer. *Abroad*, sagte ich. Dort würde Maja dann
sein. Die Hand würde ich Maja auf die Schulter legen,
den Scheitel würde ich berühren und *geh* zu ihr sagen,
geh, Maja.

Alle mussten im gleichen Raum schlafen. Alle lagen
auf dreckigen Betten, alle hatten ähnliche Kunststoffdecken. Alle hockten sich hinter die Mauer zum Kacken,
die aus dem Westen mit Lampen, ohne Lampen die, die
heimisch waren. Ich breitete den Schlafsack aus. Maja
würde draußen bleiben, Maja würde nicht kalt sein
unterm blühenden Himmel.

Wir sahen die Schneeberge jenseits der Wälle wieder,
ich streichelte Maja. Das Gepäck war auf die Rücken
von Tragtieren geschnallt. Ich trug nur Maja. Ich trug
sie in einem Tuch, das mir um die Brust und über den
Rücken lief. Liza berührte mich, sagte *schau. Schau, wie
die Berge im See sich spiegeln*, oder *schau, wie viele Esel*

am Hang dort grasen. Meistens ging Liza weit vorne, ich sah Lizas Kopf sich auf und ab bewegen.

Am Abend bauten wir ein Zelt aus blauem Kunststoff auf. Ich ging auf den Hügel, sah mich um und winkte, summte für Maja, die im Tuch an meinem Rücken lag. Wir sahen scharf gezogen Grate, wir sahen Brüche, Schöße, Kaskaden. Wir sahen türkis den See und am Ufer das Zelt, wir hörten ein Glöckchen, wenn der Wind in unsere Richtung wehte. Laufen wollte Maja dann. Ich sah Maja als Schemen, wenn sie vor den Felsen stand, dann verschwand Maja und ich sah sie als Gespinst. Ich musste schnell gehen, um sie nicht ganz zu verlieren, manchmal musste ich die Hand an die Augen legen, weil sie weit vorne über mir im Gegenlicht schwebte. Nach Osten in den Schatten führte der Weg an Felsen vorbei, Papier, leere Flaschen, Folienstückchen lagen verstreut auf dem steinigen Grund. Maja ging unbeirrt weiter, und ich war froh darüber, der Weg führte steil in einer Kehre nach Westen auf den Gipfel des Hügels. Dort blieb Maja stehen. Sie ließ sich nicht an der Hand nehmen.

❖

Breit war der Weg am Ufer entlang, lehmig und feucht, dann wieder trocken und steinig, schmal; kleine Polsterpflanzen wuchsen dort, über die ich immer wieder mit dem Finger strich. Ich bückte mich leicht, weil ohne Maja mir das Tuch nur lose jetzt am Rücken lag.

Steine, über die zwei Linien liefen, hob ich auf und wischte sie an der Hose ab, die davon schon braune Streifen an der Seite hatte. Ich hielt einen Stein in der Hand, bis ich einen anderen aufhob, der mir schöner erschien. Dann verglich ich die Steine und legte den schöneren auf eine Polsterpflanze. Mit dem Handrücken fuhr ich über die Wangen, die Tränen abzuwischen und hob den unteren Rand der Sonnenbrille. Liza legte mir ihren Arm um die Schulter, zog mich leicht an ihren Körper, drückte mich sacht. Nach vergorenen Zwetschgen roch Liza, süß, ganz anders als Maja roch sie. Oder sie berührte mich sacht am Arm.

Da war der Himmel, gleich gültig, ob er wolkenlos war oder Wolken über ihn zogen, die weißen Riesen entlang oder als Fahnen über die Bergkämme flogen; da war der Himmel, gleich gültig, ob Wolkenlinsen über ihn fuhren, Walzen über den Gipfeln standen oder ein Schleier über ihm lag, der sich auflöste bis Mittag, ausdünnte über den Bergen im Westen schon früher.

Der Himmel war immer gleich gültig, und manchmal erschien er mir gütig darüber. Mit jedem Blick anders erschien mir das Wasser, immer anders die Kräusel, die zitternd sich hoben und hüpften und tanzten, und manchmal weit draußen, wenn der Wind drüberstrich, Krönchen zu tragen schienen; immer anders die Wellen, die ans Ufer schlugen und Rüschen aus Schaum über die Steinchen legten, immer anders die Kreise, die verliefen, wenn Fische aufschwammen und abtauchten.

Wenn ich tagsüber den Himmel sah, der strahlend und hell über mir lag, war mir leichter.

Weinen musste ich, wenn ich Steinchen auf die grünen Kissen legte. Den klaren Himmel liebte ich, er bedeutete, dass Maja dort war. Immer aber musste ich die Steinchen auflesen und anschauen und ablegen oder ins Wasser starren: sehen, wie mein Kind verschlupfte, ich konnte dann kaum atmen. Es wird anders, sagte Liza, die mich streichelte, die mich hielt, es wird leichter. Ich konnte dann wieder in den Himmel schauen, musste nicht die Steinchen auf die grünen Kissen legen.

Im Zelt lagen wir nebeneinander. Ich dachte, Liza könnte ein Engel sein, was Gutes floss von ihr auf mich. Ich konnte den Arm strecken und Liza berühren. Sie rückte dann zu mir, legte ihren Arm um mich. Der Wind strich meist ums Zelt, und ich lag still neben ihr; wenn wir die Bahnen nicht straff genug gespannt hatten, flatterten sie.

In der Früh kroch ich vor Liza aus dem Zelt, sah den Horizont hell. Mir war, als würden die Füße den Boden nicht berühren oder kaum.

GEORG

Ich musste Irene wiedersehen

Sie stand vor dem Schalter für verlorenes Zeug und trug
die große Ledertasche umgehängt, die ich von Kreta
kannte; sie streckte mir die Hand entgegen, wie denn
der Flug war und ließ meine Hand, wie es mir gehe,
welche Pläne und so weiter und ließ Pausen – Wörter,
Satzfragmente, Summen, Rauschen. Ihr Haar hatte sie
unter eine Mütze geschoben, hübsch war sie, dünner,
ein wenig fahrig, als sei sie auf dem Sprung – vielleicht waren es die Sneakers, vielleicht war es die Mütze,
vielleicht auch schlug der Freudeengel seine Flügel;
sie öffnete ihren Beutel und holte zwei Tickets für die
Schnellbahn heraus, eingeladen sei ich, eingeladen; was
ich da bitte mit mir schleppe, sie taxierte meinen Koffer,
der mich so smart, first class begleitet hatte im andern
Leben, dann im Atelier herumgestanden war. Sind Bücher drin, und Laptop, Tusche, Pinsel, Kram – ich will
ja hier nicht Urlaub machen. Die gleichen Piercings
trug sie wie auf Kreta, *vamos*, sagte sie wie auf Kreta;
das Anarchisten-A am Hals gleich unterm Ohr war neu.
  Immer weiter hätte ich fahren können und die Bewegung ihrer Schulter spüren an meiner, diesen Ruck, den
sie mir weitergab, beim Anfahren und beim Bremsen

oder wenn sie ihren Arm hob, mir Thissio auf dem Plan zu zeigen, Thissio, wo wir aussteigen würden. Sie kniete vor mir, steif, mein Schwanz war steif, den sie in ihren Mund und auf und ab der Lippenring und Häuser, Kleinbetriebe samt Gerümpel, Gärten, Brachen flogen vorüber und leckte das Zungentier, *he, musst ihm dein Ticket zeigen, musst dein Ticket zeigen*, sagte sie und deutete zum Mann, der vor mir stand. *Ja, sorry, gleich*, ich versuchte meinen Fahrschein aus der Hosentasche zu ziehen, steif, musste aufstehen, halbsteif und bot einer Rabenfrau, die zustieg, meinen Platz an, schwarzes Kopftuch, schwarze Bluse, schwarzer Rock. Die Leute redeten, ich starrte meinen Koffer an und heiß, Irene, geil – wie peinlich, angeregt, Irene unterhielt sich angeregt und ich verstand kein Wort und schaute aus dem Fenster.

Leute stiegen zu, den Spalt mit Obacht überschreitend zwischen Bahnsteigkante und Waggon, gemächlich waren die Leute hier, als wären sie entschleunigt oder depressiv verstimmt, auf jeden Fall ein wenig antriebslos. Ein Hagerer stieg zu, begann zu deklamieren, laut und monoton und sammelte mit offener Hand den Lohn für die Performance ein; ich schaute an dem Hageren vorbei und musterte Touristen, die in khakifarbenen Shirts und khakifarbenen Hosen mir gegenüber saßen, als seien sie Abenteurer und durchquerten ne Gefahrenzone: Ihre Trolleys hielten sie wie scharfe Hunde an gestreckter Hand. Ich sah den Hageren nicht an, der wieder deklamierte und nach Pisse stank und

Alkohol, die andern schauten wie ich an ihm vorbei, nur die Rabenfrau legte 50 Cent in seine geschwollene Hand und mir war es peinlich, auch das schmierige Getue des Performers, seine schleimigen Bezeugungen.

✦

Thissio, sagt Irene, die aus dem Waggon sprang, *sorry*, sagte ich, *sorry*, mit dem Koffer an die Leute stoßend; grüne Linien liefen über die Waggons, ich blieb kurz stehen, ein Hindernis, an dem vorbei die Leute drängten.

Draußen stellte ich den Koffer ab, *Himmel, wie heiter. Just for tourists*, sagte Irene, und ich mit meinem smarten first class Koffer an der Hand, *nein, dieses Licht scheint auch auf uns. Athanasios-Kirche,* sagte Irene und zeigte auf den Kuppelbau, *wie Augenbrauen*, sagte ich und deutete auf die gemauerten Bögen – jetzt grinste auch sie. Frauen und Kinder lagerten auf dem Rasen vor der Kirche inmitten von Müll und zerschlissenen Kinderwagen, *Roma,* sagte Irene, von vielen angefeindet.

Ich musste meinen Koffer tragen – zu viele Kanten, zu viele Sprünge – und spürte sein Gewicht, besonders, wenn ich ihn vor meinen Körper schwenkte, um die Leute passieren zu lassen auf den schmalen Trottoirs, Junge in Sneakers und Jeans, Alte in schwarzen Trevira-Hosen und Schoßen bis unters Knie, auch pendelte die Tasche, schlug an den Schenkel, als verlangte sie

Einlass, als ermahnte sie mich. Irene ging vor mir den Fassaden entlang, zweistöckig die Häuser, bescheiden, ärmlich; im Parterre boten Läden Möbel und Kleinzeug feil; Stöße von Sesseln, Töpfen, Münzen, Pfannen, Krimskrams stapelten sich neben den Türen, *keine Sau kauft etwas*, sagte Irene und wich einem Paar aus – dann sprangen Lücken auf: Läden, die geschlossen waren, die Eingänge vernagelt, von Graffitis überzogen und Obdachlose davor auf übereinander gelegten Kartons. *Schau,* sagte Irene, *wie die Frau dort drüben ihre Tasche berührt, das machen Obdachlose oft, weil sie nicht glauben können, dass sie auf der Straße sitzen, manchmal nehmen sie die Taschen und fahren zum Hafen oder sie mischen sich unter Touristen.*

Wir bogen ab und gingen einem Zaun entlang, ich musste kurz stehenbleiben, aufs Gras zu schauen, das wie Flaum um die Zypressen wuchs und an den freigelegten Fundamenten dichter wurde, lichtgrüne Säume bildend in den Fugen, lichtgrüne Inseln zwischen den Quadern; weiß und rosa blühten Kräuter zwischen den Stümpfen, dürre Blätter hingen an Platanen wie wackelnde Kinderzähne, *ach Jakob, ach Elena*. Irene blieb stehn am Ende des Zaunes und beobachtete mich, *der alte Friedhof,* sagte sie. Ich nickte, erzählte von Maja. *Dem Vater ins Auto gerannt. Dem Vater einfach ins Auto gerannt. Das muss man sich vorstellen.*

✦

Aufruhr an den Wänden, Explosion an den Wänden, Revolution, fuck EU, Leidensmänner Leidensfrauen, gebückt, bemützt, mit großen Augen, Zocker, Fiesund Finsterlinge, zynisch grinsend; das A im Kreis ging wie ne Saat auf an den Wänden, rot und schwarz und weiß; ans Herz gingen die Schönen aus Spiralen und Wellen, die ihre Lider über teichgroße Augen senkten; Molotow-Cocktails explodierten, Stiefel zertraten Männer und Frauen, Granaten wurden gezündet, Clowns jonglierten, verwandelten sich in Monster, töteten Kinder, Roboter sprengten Häuserzeilen, Roboter standen Kopf, ließen Schrauben, Muttern, Lager, Kabelteile sausen, Herzen daneben, Parolen, Blümchen, Kürzel, Balken und – peng peng – explodierte die Welt, griffen Chimären, Mutanten nach Menschen, verleibten sie ein, schwangen Arbeiter Fahnen, die das Konterfei von Marx berührten; grinsten kapitalistische Fratzen, lächelten neoliberale Ikonen mit Säcken voll Euroscheinen, reckten Kapitalisten obszön ihre Wänste, Weltkugeln gleich, steckten Mönche ineinander, gierig, geil, Pinguin, Pinguin lachte und nirgends tauchte Superman auf, riesig die A, verzogen, verzerrt – die Schenkel ragten über den Kreis. Ruinen standen zwischen besprayten Fassaden, die Dächer eingefallen, die Öffnungen verplankt, Sträucher wuchsen aus den dachlosen Teilen, Brennnessel, Kräuter.

Vor Plakaten, die beschrieben, *wer an der Krise verdient und wie man sich vor Tränengas schützt*, blieb Irene stehen und übersetzte – *so ungefähr* – für mich. Augen am besten durch eine dicht schließende Brille schützen. Linsen raus. Und eine Maske nehmen, um die Atemwege zu schützen oder fein gewebte Tücher – sie müssen trocken sein und oft genug gewechselt werden.

✦

Den Arm hätte ich gerne um Irene gelegt, wäre gern stehengeblieben, hätte mein Gesicht gern an ihres gelegt. Irene blieb stehen, wir wollen die ganze Scheiße nicht, wir wollen *das schöne Leben*. Und das ist im Kapitalismus nicht zu haben. Wir wollen den scheiß kapitalistischen Alltag nicht, du jeden Tag aufstehen, Untertan; du jeden Tag arbeiten von früh bis spät, Untertanin, und essen, wenn wir sagen und scheißen, wenn wir sagen und Liebe machen, wenn wir sagen und am Sonntag länger schlafen, damit du fit bist für den Montag, Untertan; du bist emanzipiert, wenn du dich unterwirfst, Untertanin, wie blöd ist der Feminismus eigentlich, dass er die Volltime-Arbeitskacke als Befreiung sieht.

Und ich. Auf dem Ginthof haben wir *das schöne Leben* versucht, Irene. Und sie. *Euch ging es nur um euer eigenes schönes Leben.*

✦

Weihnachtsmänner mit Sprengstoffgürtel, Clowns mit Bomben und Arbeiter mit starrem Blick, ein

Weihnachtsmann am Feuerchen mit amputiertem Bein, ERHEBT EUCH, KÄMPFT, Schlieren, Kürzel, Linien, REVOLUTION, groß ein Polizist mit Schweinskopf, Kappe und Knüppel, Gesichter hinter Masken, Merkel mit Mickymaus-Ohren, *Eurodisney* darunter, ein Auge, riesig, daneben, hyperreal, und Leidende in pathetischen Posen aus den Herzschlag-Fantasy-Zonen mit Zeichen auf der Stirn, Leidende, die gebückt den Schlag erwarteten, Kinder, auf die ne Mauer stürzte, und Marilyn Monroe und Putin darüber.

It's me, sagte Irene und zeigte auf eine Figur ohne Gesicht mit einem Molotow-Cocktail in der erhobenen Linken, die habe sie letzte Woche gesprayt, das Schwarz rinne leider aus dem Gesicht. *Wir werden siegen, Georg, wir werden uns mit den Ausgebeuteten vernetzen und siegen. Ja,* sagte ich, *das ist so ein Ding mit der Solidarität.* Und sie. Für die meisten gehe es ums Überleben. Das sei die Scheiße, dass die meisten ums nackte Überleben kämpften und dabei glaubten, sie müssten schön brav sein, dann bekämen sie ein paar Brosamen ab. Sie leisteten viel Aufklärungsarbeit.

✦

-70% stand auf dem Täfelchen, das an einer süßlich lächelnden Nymphe mit blauviolett verfärbter Brust und blauviolett verfärbtem Schenkel hing; *echt krass,* ich berührte die Marmorfigur, *wie'n Riesenhämatom*; Irene beobachtete mich, hob ihren Arm, legte ihn der

Nymphe um die Schulter, *kommt, ihr Mächtigen, ich mache die Beine breit, und wenn ihr mich prügelt, mache ich sie breiter, schlagt ein auf mich, da ist noch was drin, schlagt weiter ein auf mich.*

Wie ein Aufziehgeschöpf wiederholte sie die Sätze, schmiegte sich an die steinerne Schöne, *hör bitte auf*, sagte ich und sie grinste abschätzig, deklamierte auf Griechisch weiter. Passanten blieben stehen, ich berührte sie, *komm, bitte*, sie schüttelte mich ab, schrie ihre Botschaft weiter die Gasse hinunter, *hör endlich auf*. Ein Grüppchen bildete sich, eine Traube von Hörlustigen, zustimmend grinsend manche, ablehnend die meisten, neugierig alle auf einen Skandal, ein Skandälchen.

Kam ein Herr aus dem Geschäft, untersetzt, gepflegt, packte Irene, stieß sie von der Figur, die unverändert süßlich lächelte. Ich legte den Arm um sie, *gehen wir*, Irene stieß mich weg. Der Taschenriemen rutschte mir von der Schulter, ich blieb kurz stehen, Irene ging alleine weiter.

✦

Die Wohnung erinnerte an die Creative Power von lowcost Zonen und an die Eleganz von etwas, das nicht groß inszeniert ist, Superwoman spazierte aus den Wänden, Superwoman stand auf Lichtschaltern und Steckdosen, flog über den Plafond, stand lässig auf den schmalen Simsen. Da versteht wer was von Perspektive. *Hat ne Freundin gemalt, sie lebt in Iraklio.* Die Regale waren aus Ziegeln und Brettern improvisiert und überall Bücher, CDs und Pläne von Städten mit anarchistischem Drive, Berlin, Madrid, Locarno, Barcelona, Bologna; die Sessel, der Esstisch waren grün und blau lackiert, auch das Tischchen weiter links im Raum vor der durchgesessenen Couch, Zyperngras stand auf dem Tisch, im Regal, auf der Fensterbank. Auf der Fensterbank. Auf der Fensterbank. Saß dort ein Puppenpaar Hand in Hand, die Nabel rosarot gestickt.

Käse, Joghurt, Wasser, Brot – sei alles für mich, auch den Schrank im Schlafzimmer könne ich verwenden, Handtücher und Bettwäsche lägen dort, sonst sei er leergeräumt.

Sie nahm den Plan, der auf dem Esstisch lag, ringelte Granikou ein, da seien wir jetzt, ringelte Thissio ein, da seien wir ausgestiegen, hinter der Station lägen der Thissio Park, die Agora, die Akropolis, Filopappou – alles, was Touristenherzen höher schlagen lasse, da sei Monastiraki, die Central Station, da sei ein Spar-Markt und da Exarchia, wo sie wohne. *Ist das nicht deine Wohnung?* Nein, die Wohnung gehöre einer Freundin, die zu ihr gezogen sei, dafür bekomme sie die Hälfte der Mieteinnahmen. Das Zimmer neben dem Eingang sei versperrt, da habe ihre Freundin persönliche Sachen gelagert. Sie müsse jetzt weg, wir könnten übermorgen gemeinsam frühstücken. *Ja, gern. Okay. Und wo?* Sie komme um zehn.

✦

Von der Fensterbank winkte das Puppenpaar, grinste. Superwoman flog an der Zimmerdecke, Superwoman lehnte an der Wand, ich konnte Irene riechen, ihr Duschgel, ihr Deodorant, Salbei, Citrus, oder es war Scheuermilch – sie haben geputzt, wahrscheinlich haben sie geputzt und gevögelt, sicher haben sie geputzt und gevögelt. Warum hat sie mich eingeladen, warum hat sie gesagt, ich könne gerne kommen. Okay, ich hatte gefragt. Aber sie hat *ja* gesagt, *ja, gern, klar,* und auch ne Wohnung habe sie für mich.

✧

In die Markise fuhren, dass es knatterte, die Böen, ein Gewehr war die Markise, ein Markisengewehr; zu Schichten hatte der Wind den Dreck geblasen, zu Wellen und Kürzeln, einen Frauenkörper aus Dreck hatte der Wind geblasen und mit Taubenkot schraffiert, jetzt wars ein Männerkörper, Blätter hingen an den Untersetzern wie Treibgut im Lee und Tauben gurrten, ohne dass sie Ästchen, Blättchen brachten wie dem Noah nach der Flut; dafür brachte der Wind ein Amalgam aus Rauschen, Quietschen, Hupen von den Straßen rauf, Sirenen auf und ab, und zerrte am Lorbeer, an der Bougainvillea, am Oleander, an Pflanzen, die ich nicht kannte, zerrte er stärker.

Gehen, einfach weggehen, eine Nachricht hinterlassen, sorry, bin wohl nicht willkommen, oder: sorry, komme scheinbar ungelegen, der Schlüssel liegt unter dem Fußabstreifer, oder: den Schlüssel hab ich bei den Nachbarn abgegeben.

✦

Berge lagen wie Leiber zwischen Himmel und Stadt, Leiber, die zu zittern begannen, wenn ich lange drauf schaute; das Licht schärfte die Konturen der Häuser, weiße Quader in unterschiedlichen Höhen, die sich bis an die Flanken der Leiber ausdehnten. Jakob und Elena würde ich an der Hand nehmen, auf keinen Fall dürften sie allein hier raus. *Wolltest du nicht länger bei uns bleiben, Papa?* Hat sich was ergeben, Jakob, ist wichtig für meine Arbeit. *Es war deine Idee, Papa, auf dem Ginthof zu wohnen.* Ich weiß, Elena.

Frei lassen hatten sie das Zimmer wollen, das wir mit Maja und Anna geteilt hatten, *frei lassen, Papa*, wir waren hintereinander am linken Rand des Pfads gegangen, wo man weniger tief in den Matsch einsank. Es war eine Art Heimholung gewesen, wenn auch nur für kurze Zeit. Elena hatte die Schüssel für Maja vorsichtig ins Gras gestellt, die Hände ausgeschüttelt und über die Wiese zum Ginthof geschaut, im Winter habe sie Tannennadeln und Mistelzweige in die Schüssel gegeben und zu Weihnachten Hanuman auf eine Kugel gemalt, der leider wie ein Hund ausgeschaut habe. Jakob hatte das Nest in der Hand gehalten, das er für Maja gewunden hatte, Maja sei ja nur funkenklein und habe keinen Körper oder fast keinen Körper. Den Ginthof hatten wir *von schräg oben und von weiter weg und dann immer größer und immer weniger von oben* (so hatte es Jakob ausgedrückt) gesehen und von Sonne beschienen, vielleicht war deshalb ein Quäntchen mehr Dopamin über die Synapsen getanzt und hatte Beine und Gedanken an Schwere verlieren lassen, vielleicht hatten wir den Ginthof deshalb von der hellen Seite her gesehen und Sätze gesagt wie: *der First vom Wohnhaus hat sich nicht weiter gesetzt,* oder: *auf den Dächern wächst Moos wie im Fichtenwald,* oder: *heil geblieben sind die Dächer, bis auf die Handvoll Ziegel, die unterm First wie lockere Zähne hängen.*

Am Abend waren wir am Kamin gesessen. *Da hat das rote Pferd sich einfach umgedreht und hat mit seinem Schwanz die Fliegen weggeweht / die Fliege war nicht dumm, sie machte summ summ summ und flog mit viel Gebrumm ums rote Pferd herum,* das weiße, das blaue, das laute, das freche, das gelbe, das leise, das schnelle Pferd – Jakob und Elena hatten ihre Vorschläge ins Refrain-Ende gerufen, wie mit Maja, nur dass sie sich nicht in die Haare geraten waren darüber. Maja hätte durch die Tür kommen können, so ein Gefühl hatten wir, und sich zu uns setzen und *deins* zu Jakob, *deins* zu Elena sagen, und wir hätten Majas Schiedsspruch beherzigt.

✦

Ein Mann trat auf den Balkon im Wohnblock gegenüber, zündete sich eine Zigarette an und starrte auf das

Wiesenstück, aufs Häuschen, aufs Kabäuschen, das wie ein Keil zwischen den Wohnblöcken lag, blies Rauch aus, starrte aufs Satteldach und auf die Mauern, die von Efeu überwachsen waren, starrte auf die Sträucher ums Häuschen und auf den Tisch unterm Baum. Eine Frau trat aus der Tür zum Mann, der wieder an der Zigarette sog, stützte ihre Hände aufs Geländer, starrte ebenfalls hinunter; sie zogen ihre Köpfe ein und schoben ihre Schultern hoch und trugen ausgewaschne Shirts, der Mann blies eine Schwade aus, als wollte er das Fähnlein sein, das in den Himmel steigt, dann dämpfte er die Zigarette aus und starrte runter wieder wie die Frau.

Tauben landeten flügelschlagend, ein Tauben-, ein Traumpaar, das ich verjagte, auch stampfte ich auf, auch schien der Wind darüber zahm zu werden. Ich ließ mich auf den beigen Polstersessel nieder und legte meine Füße aufs ovale Tischchen.

✦

Mein Herz war aufgegangen, oder es war Irenes Begehren, vielleicht hatte Irenes Begehren meinen Körper erschaffen, als sie zugepackt, sich auf mich gesetzt, mich gedrängt und das Drängen dann gedehnt und gewiegt, neu gebettet hatte.

Als ich *leb wohl* gesagt hatte, *ciao*, hatte ich eine Bewegung gespürt, eine Herzbewegung, eine Heftigkeit, als höbe sich momentlang ein Schleier, *nicht vorbeugen, Vorsicht, gib Acht. Danke,* hatte ich gesagt, *danke,* dann

hatte ich mich umgedreht, war die Stiege hinunter-
gegangen, Schmetterlingsbeine, die Flügel verklebt;
den Kopf hatte ich gesenkt gehalten, nicht an den Fels
zu stoßen, der durch die hintere Wand in die Wendel-
kammer, den Stiegenschacht stieß; in der Küche hatte
der Putz über den Küchenkasten geblüht, Geschirr
sich im Spülbecken gestapelt, bräunlich Wülste, Häuf-
chen, Schlieren drauf, auf dem Tischchen ein Laptop,
ein Zeitungsstoß, am Fenster der weinrote Ast einer
Bougainvillea, ein Mast dahinter mit kurz geratenen
Armen, Ärmchen und weißen Isolatoren drauf, über
die zwei Leitungen liefen: Striche gegen den Himmel;
drunter ein Mauerstück und tiefer, viel tiefer, das ge-
riffelte Meer. War es, als greife der Ast der Bougainvillea
herein, als wolle der Ast mir die Hand geben und Glück
wünschen zur Erkenntnis, dass in der Erlösungsbe-
dürftigkeit die Verwandtschaft aller begründet sei, die
Verwandtschaft von allem, und Erlösen das Lebensspiel
sei, als Möglichkeit in die Wiege, in die Luft gelegt, und
man dazu dünne Haut brauche, oder es rückt einem
jemand zu Leibe, vielleicht rückt einem auch ein Ast
zu Leibe: Die Farben waren neu, oder ich sah anders,
das Rot der Pelargonien, das Hibiskusrot, das Oran-
genbaumgrün, das Gelb und das Rosa der Rosen, und
alle Farben prangten an vieljährigem Holz, verästelt
und knorrig das vieljährige Holz, eigensinnig wie die
Gelenke der schwarz gekleideten Frauen, die das ble-
cherne Läuten ins Kirchlein rief. Ich war die Mauern
entlang gegangen, die Mäuerchen, die, lehmverputzt

und weiß getüncht, abgrenzten und verbanden, den verwaisten Rohbau mit den Schutthaufen vor der Tür und das Paradiesgärtlein im Vorhof daneben und weiter war ich gegangen, die notdürftig instandgehaltenen Häuser entlang, die Ruinen und restaurierten Fassaden mit blauen Fensterläden und blauen Türen.

Ich hätte Ziegel von den Dächern pflücken können, ich hätte mit dem Daumen ein Kreuz über den Scheitel der Bögen oder ein X über die Schwellen schlagen können, ich hätte von Dach zu Dach springen oder den schwarz gekleideten Frauen die Kopftücher lösen können, ich hätte singen können, mich hinlegen mit ausgebreiteten Armen, ich hätte weinen, eine Bahn ausrollen und darauf Linien ziehen können, Schriftähnliches, das alles sagte ohne Belang, ich hätte umkehren können, um mit Irene zu leben, ein Aktivist in einem Abbruchhaus, Flugblätter druckend, an Demonstrationen teilnehmend, nein, das hätte ich nicht können.

Eine unbefestigte Straße war ich entlang gelaufen, die nach einem windschiefen Stall verzweigt war: graubraun hatte sie Richtung Berge gezeigt und kalksteinfarben zum Meer. Ich war geflohen, nein, ich hatte ein Ticket, ja.

✧

Oft hatte der Wind auf dem Ginthof mich an Kreta erinnert, als sei der Wind, der Fichtenäste wiegte und Spreißel und Späne aufwirbelte, ein Kind des

Inselwinds, der über Hänge, Kämme, Plateaus und Terrassen gefegt war, an Abbrüchen, in Schluchten, an Schründen getobt und das Meer gepeitscht hatte, als sei er irr; auch in mir hatte es Verwirbelungen gegeben – vielleicht war ich deshalb, ohne mich zu sichern, die Kalkplatten an den Haken vorbei hinaufgeklettert, vielleicht hatte ich mich deshalb gefühlt wie einer dieser Exzentriker, die sich befähigen, erledigen, wie einer der Himmelstänzer und Wahnwitzigen, die Proben aufs Exempel, den Selbstekel, machen müssen. Dreißig Meter über dem Schluchtgrund war mit einem Mal klar gewesen, dass es kein Zurück gab. Zehn Meter nach oben einen Riss entlang, kein besonderer Schwierigkeitsgrad, wenn da nicht das Zittern gewesen wäre vor Erschöpfung und Angst. *Zitterpappel, Espenlaub, Nähmaschine.* Da hatte ich Irenes Gesicht gesehen – so nah, so herznah –, dass ich tief ein- und ausatmen hatte können und den nächsten Tritt, den nächsten Griff suchen, da hatte mir Irenes Gesicht geschienen, dass ich mich hochziehen hatte können, Sukkulenten wuchsen aus dem Riss, und wieder ein Tritt und wieder ein Griff, weiter oben sternförmige Blüten, *was ist Sanftmut, Georg,* ein Stein hatte sich gelöst, war gefallen, aufgeschlagen, dass es laut hallte, dann die weit auseinander liegenden Griffe, wo ich die Beine weit spreizen hatte müssen *hataber hataber abakadabra hataber Kraft,* um den Oberkörper über die Kante zu drücken und hinauszugreifen und dieses Bäumchen, dieses Krüppelbäumchen, zu erwischen, an dem ich mich halten und aus der Wand hatte ziehen können.

Dann war ich dagelegen, feinkomisch klar im Kopf, ganz leer geräumt; die Hänge hinauf ist mein Blanksein gegangen, zu Irene, den Kindern, ins Allgemein.

✦

Oft hatte meine Sehnsucht Irene gerufen. Über Terrassen, die zum Meer hin abfielen, war sie gekommen, *Gerste hat man hier angebaut, jetzt liegen die Terrassen brach*. Irene hatte zu den Terrassen gehört, Irene hatte zu den Platanen gehört, Irene hatte nicht zum politischen Programm gehört, das sie vertrat. Doch, hatte sie schon. Außerdem war es kein Programm, außerdem war es ein Glaube, Irene glaubte an die Freiheit, Irene glaubte, dass es nur der Freiheit bedürfe, damit alles zum Guten sich wende.

KLAUS

Ich und die Christenmenschen

🐦 Ich war nicht sensibel wie die anderen; trotzdem wunderte ich mich über das Grün: die Grün-Töne.

Erdbraune Steige liefen über den Hang hinter dem Stall, die Kühe gingen immer die ausgetretenen Pfade.

Ähnlichkeiten fielen mir auf, die Äste zum Beispiel, die wie Blattnerven verzweigten, die Blätter, die die Silhouette der Bäume wiederholten, die Felsen am Rand der Weide, die den zerklüfteten Gipfel nachzeichneten.

Die Augen der Schwestern und Brüder, wie sie mich an die Augen notorischer Sinnsucher erinnerten.

Ich könnte Gras über mich wachsen lassen oder losziehen, da wäre nur kleines Bedauern, und ein Ritual, selbstverständlich ein Ritual, darauf bestünden die Brüder und Schwestern (im Kreis bewegten sie sich und jeder legte eine Blume an den Platz vorm Haus, an dem ich gerne stand).

Vielleicht war es die Ähnlichkeit, die stach wie Hafer, die Brüder und Schwestern breiteten zwickzwack Gedankenspielchen aus am Tisch vor dem Haus, die das Heilige auf den Plan riefen und zugleich den lieben Christengott abmontierten.

Ich schwieg, wenn die Brüder und Schwestern so lebhaft an der Sinnkonstruktion feilten, warf höchstens ein, dass sie den lieben Gott einfach sein lassen könnten, den die wehrhaften Christenmenschen drei Kilometer entfernt ehrten.

Die Brüder und Schwestern legten die Hand an Baumstämme, hielten inne vor der Wiese, sahen elendslang in den Himmel und erzählten von ihren Gefühlen (die jenen von Bekehrten ähnelten; zugegeben, von Bekehrten, wie ich sie mir vorstellte).

Ich hatte den Ginthof als Wohnsitz gemeldet und bekam reichlich Post, vom Anwalt, vom Gericht und den geschädigten Darlehensgebern.

Ich ging mit Maja oft die ausgeschwemmte Straße zum Briefkasten hoch; manchmal legte sie ihre Hand in meine, was mich seltsam erschütterte, sonst nahm alles Maß am Scheitern: meine Arbeit, mein Nichtstun, meine Gedanken.

Die Eindringlichkeit, mit der der Herr im Ornat vorne

sprach, wurde rot wie die Eindringlichkeit meiner Gedanken, ich dichtete den heiligen Frauen am Altar vorn Vulvas an, ich stellte einen Zusammenhang zwischen FACE und VULVA her.

Der Herr im Ornat war an Zahlen interessiert, besonders an der Zahl Sieben, die in der Verbindung von Geistigem und Materiellem auf die Vollendung verweise (was Wunder, sagte der Herr im Ornat, dass es sieben Erzengel, sieben Siegel, sieben Wochentage gibt).

Während der Herr im Ornat von Vollendung sprach, dachte ich an die sieben Jahre, in denen mein Einkommen abgeschöpft würde.

Der Herr im Ornat liebte Fragen, auf die er selbst Antwort gab, was aufgrund des Mangels an Logik doch einigen Aufwands bedurfte.

Die Menschen in den Kirchenbänken schienen sich im Unverstand spüren zu wollen; als ich das dachte, stieg es heiß in mir auf, weil ich ja Ähnliches getan hatte.

Die Christenmenschen schauten auf zu einem Vater-Gott, der sich im Spagat zwischen Allmacht und Allgüte dauernd verrenken musste, etwas, das meinem Vater nie passieren würde, weil Güte keine Kategorie für ihn ist.

Ich hatte die Bezeichnung Consulter verwendet, weil Anglizismen meinen Vater ärgerten.

Das Leiden auf den Bildern schien im Verhältnis zur Erlösung interessant, sonst gab es kein Argument für die Pfeile im Fleisch, den Körper am Kreuz, die abgezogene Haut als sadomasochistische Lust.

Allen außer mir schien klar, dass der Leib Christi genutzt werden musste; aber was tat ich zu meiner Erlösung?

Der Herr im Ornat verstand viel von Verkaufsmarketing – als hätte er bei mir ein Training absolviert.

Der Privatkonkurs meines Freundes spießte sich in den Gedächtniskanälen – *ich kann es nicht ungeschehen machen, Max, auch nicht, dass Emma dich verlassen hat, ich kann mich nur umbringen, Max.*

Ich werde wohl mittellos bleiben: auch wenn die Herren, die mich betrogen haben, verurteilt würden, müsste ich mein Investment zivilrechtlich einklagen, was ohne Kohle illusorisch ist.

Wir scharrten im Schweigen: die, die ich geschädigt hatte, die, die mich geschädigt hatten, eine unheimliche Stille nach dem Gezwitscher, als wir gut Freund waren und nach dem Gezerre, als der Flop sich abzuzeichnen begann.

Vielleicht blühte das Leben anders in Maja, weil es um seine kurze Spanne wusste, gerne hätte ich mein Leben für ihres gegeben.

Vielleicht ging ich nicht ungern zum Gottesdienst, weil ich geglaubt hatte wie diese eingefleischten Christenmenschen; die Inbrunst hatte Flügel und Bilder wachsen lassen: ich hatte sehen können, woran ich glaubte.

Wie kommt ein Gott, wie kommt die Gier ins Fleisch?

Wenn die Projekte scheitern, Max, dann deswegen, weil wir zu wenig glauben, weil DU zu wenig glaubst, Max, mit irrationalen Argumenten hatte ich ihn bei der Stange gehalten.

Über Max' Argumente hatte ich eine Folie gezogen, sie erreichten mich nicht, selbst wenn er mit mir schrie, *du lässt dich mit fadenscheinigen Typen ein, Klaus, und faselst von Vertrauen; du hast Betrügern mein Geld hingetragen.*

Im Gotteshaus stellte ich mich neben die Frau mit schütterem Haar, der man die Tassen aus dem Schrank genommen hatte (vielleicht auch waren von Haus aus wenige drin oder sie hatte sie selber herausgeräumt), die Frau war versunken, irgendwie hingegeben.

Der Frau gebührte, wenn man denn metaphysisch grasen will, der Ornat – was schon bedeuteten die aufgemotzten Mythen neben der Stille, die sie umgab.

Ich hätte weinen können über die Anstrengung, mit der die Christenmenschen ihrem Gott zu dienen suchten, weil meine Anstrengung der ihren nicht unähnlich war, nur meine Gier erbärmlicher.

Die abgearbeiteten Männerhände, die sich störrisch gegen das Gefaltet-Werden krümmten, taten meiner Seele gut, ohne dass ich hätte sagen können, warum.

Ich hatte mir das Glauben abgewöhnt, ich hielt mich an Vorgaben, die besagten, dass ich den pfändbaren Teil meines Einkommens abzutreten und vom Existenzminimum zu leben hatte.

Ich ahnte, dass die akkurat betenden Frauen das Potential zu Gespielinnen hätten, sie brauchten nur einen Rahmen, der ähnlich Sicherheit böte wie dieses Kirchenschiff.

Ich freute mich auf den Augenblick, als der Herr im Ornat seinem Gott das Blut des Sohnes darzubringen begann, damit er gnädig sei und Nachsicht walten lasse mit den Sündern und den Sünderinnen, die in den Bänken knieten, die mythische Abreibung tat einfach gut.

Die Frauen würden den Männern die Praktiken schmackhaft machen, die sie mit mir entwickelten, eine diskrete Form der Missionierung.

Herr, ich bin dein Eigentum, dein ist ja mein Leben, sangen die Menschen und wurden von mächtigen Orgeltönen geführt.

Vielleicht ist es der Christen-Gott eines Tages leid, sich permanent Sadismus nachsagen zu lassen und lässt die Altäre verschwinden, zerspringen, was auch immer, hübscher neuer Mythos.

Auf dem Seitenaltar standen Pflanzen mit gezackten Blättern: Unterseite rot.

Nicht nur die Brüder und Schwestern auf dem Ginthof, auch die Christenmenschen brandeten ihre Strategien mit dem Wort heilig, marketingtechnisch keine schlechte Idee.

Glaubt man am Unsinn und an den Widersprüchen vorbei, oder sind Unsinn und Widersprüche die Bedingung fürs Glauben?

AB, nur eine Silbe trennt schöpfen von abschöpfen und steigen von absteigen.

Es geilte ein wenig auf: die drallen Wangen, die auf

dralle Pobacken schließen ließen; die Wirtin wäre keine schlechte Gespielin.

Gnade war ein anderes Wort für Willkür, du bist drauß' und du bist drauß', und Gnade schütt ich heute über den links außen aus und über Klaus, so ähnlich schien es zu laufen.

Keine der Figuren auf den Altären und keine der Frauen in den Bänken hatte sinnliche Lippen, bis auf die Brünette aus der zweiten Reihe, die mit einem Körbchen von Bank zu Bank ging, das Opfergeld abzusammeln.

Ob man Erlösung bei den Ahnen oder in den Gräschen, im Nichts oder beim lieben Christengott sucht, alles ist weniger durch den Wind als Erlösung im Profit zu suchen.

Anfangs begriff ich nicht, dass die Christenmenschen die Reihen dichtmachten, weil ich Wörter hineintrug, die mehr zu wissen vorgaben als ihre Wörter.

Ich begann zu streunen, ging morgens weg und kehrte abends zurück, ohne mit Sinn-Erzählungen aufwarten zu können wie die Brüder und Schwestern; hätte ich sagen sollen, ich suche die Frauen?

GEORG

Ich selbst bin Anarchist, aber von einer anderen Art

Mein Schatten glitt über Wörter und Herzen, mein Schatten glitt über Molotow-Cocktails, über zwei Frauen in High Heels, mein Schatten glitt über Männer, die Fernseher als Köpfe trugen, über zynische Clowns, mein Schatten verharrte vor einem Kafenion, in dem ein Mann vor sich hin starrte und zwei Paare sich unterhielten.

Bäumchen standen die Gasse hinauf, halbhohe Bäumchen in quadratischen Ausnehmungen, Blattknospen an den Zweigen. Vor dem Möbelgeschäft blieb ich stehen und sah den Herrn, der Irene vertrieben hat te, zwischen Couches, Tischchen, Fauteuils hin und her rennen, als hätte er ein Brett vorm Kopf und säh vor lauter Möbelzeug, das niemand will, die Welt nicht mehr. Ich schaute durch die Scheibe, auch ich war so gerannt, auch mir war alles zugewachsen – dann hatte ich mir Zukunft nicht mehr vorstellen können, denken Sie an Suizid, Herr Salomon, sind Sie antriebslos, Herr Salomon, haben Sie Sex, Herr Salomon.

Christine war mir beigestanden, gewachsen war Christine, groß geworden; ich bin dann nicht mehr hin zum Therapeuten, ich hatte ja Christine, die, wo immer ich verschnaufte, da war, geduldig, empathisch; ich hatte so oft stehen bleiben müssen, hatte langsam gehen, hatte mich aushalten müssen, das vor allem: ich hatte mich ertragen müssen.

Ich klopfte ans Glas, der Mann verließ den Raum, von seinen Schultern flog Verzweiflung auf und durch den Scheibe; wie man sich immer schlechter riechen kann, bis einem übel wird vom eignen Schweiß, Verlierer-Schweiß, den man sich nicht verzeiht, im Rennen nicht verzeiht und wenn man auf dem Boden liegt; man spürt sich dabei kaum, als läge Folie um einen: etwas hat sich automatisiert, ein Programm, ein Stimmchen, ein Diktat. Dann ist man ausgebrannt, ist Pommerland und auch ein Panzer wächst, du, Käfer, kriech – du suchst Erinnerungen wachzurufen, Emotionen, in die du krabbeln willst wie in ne Höhle, in ne Kuhle, in nen Leib und merkst, auch das geht nicht, du stichst in die Erinnerung: Da war doch Euphorie, da war doch Zärtlichkeit, da lachtest du, doch du bist Pommerland, bist ausgebrannt und ist da auch kein Zauberstab, der dich berührt, du willst den Funken eines Funken spüren und stellst nur blasse Stückchen fest von Umriss-Linien.

Der Mann betrat den Schauraum wieder, ging zum Tresen, blätterte in einem Ordner. Der Mann wird sich was antun, der Mann wird Hand an sich legen, wie oft war ich in dieser Schleife.

Ich ging weiter, blieb vor der Nymphe kurz stehen, die bis zum Nimmerleinstag lächeln würde – vielleicht stand Nimmerleinstag schon vor der Türe, die der Mann dort drinnen öffnen wird heut Nacht, vielleicht auch überlegt es sich's, weil er noch einmal den Geburtstag seiner Tochter, seines Sohnes feiern will.

Ich ließ mich von Jakob und Elena an der Hand nehmen, komm, Papa, gehen wir zum Bach, wir können Hölzchen werfen, komm, Papa, lass uns nach den Kälbchen sehn und, Papa, Wessely hat eine Riesenzecke hinterm Ohr.

✢

Dann war ich ein weißes Blatt, ein Spatz. War ratzekahl. Und nah dem Asparagus auf den Fensterbänken, den Nelkenstöcken, den vergilbten Gardinen, die sich, engmaschig gewebt, kaum bewegten, den Fliegengittern, die mit Reißnägeln notdürftig befestigt waren, vielleicht auch riefen die Menschen, die bescheiden waren in der Bewegung, Bekleidung, dieses Gefühl, vielleicht auch wurde es von den Ruinen und baufälligen Häusern geweckt, die zwischen den schmuckeren standen, den frisch geweißten mit den schweren Türen samt den polierten Messingklingeln, die feierlich wie kleine Brüste aus den getünchten Mauern standen, oder es waren die Brösel in den Schaufenstern, der Staub, die ausgebleichten Textilien, die dieses Gefühl erzeugten.

Ich ging nicht nach Exarchia, ich ging zur Stoa des Attalos, an der Irene kein gutes Haar gelassen hatte, *scheiß Rockefeller, scheiß Pseudo-Engagement der Ausbeuter-Eliten*. Erst zur Losmaschine, die dort ausgestellt war, *ich muss das Kleroterion studieren,* hatte ich Irene geschrieben. Und sie darauf, ich könne gern kommen, ich fände reichlich Dinge für meine Arbeit hier, und eine Wohnung habe sie für mich; nicht ihre, nein, nicht ihre: eine Wohnung habe sie für mich.

✦

Zweimal ging ich am selben Kafenion vorbei, bis ich endlich in die *Odos Ermou* bog, *Ermou, Ermou*, der Gott mit Flügeln, Stab und Reisehut, Ermou, der Herold, Bote, Ermou, der's Drüben übersetzt, der Hermeneutiker, Ermou, der Trickster, der in den Traum und an den Styx führt, Ermou, der Magier und Alchemist, der Gefäße verschließt, Ermou, der Apollon vierzig Rinder stiehlt, und statt der Stiere ne improvisierte Lyra zurückgibt.

Plötzlich bewegten sich die Menschen schneller, Obstverkäufer priesen lauthals Marillen und Kirschen an und sackten sie in Windeseile ein, die Finger beim Kassieren artistisch bewegend, prestissimo, damit die Traube bei der Stange blieb, Touristen gingen in Khaki-Hosen und Billig-Klamotten über den Platz an den Kiosken vorbei, und Schwünge von Menschen traten aus der U-Bahnstation. Monastiraki-Platz, zeigte mein Smartphone an.

Ich setzte mich aufs Mäuerchen und stückelte am Himmel, als sei ich mit den Kindern, *Scheinassel, Seelenschlauch, Pinselaffe;* es freute mich, wenn Dinge sich versprangen, verbanden, es gehe um anarchistisches Denken, hatte ich Irene geschrieben: Ich verschöbe dabei Begriffe in Bilder und ließe sie schwingen. Nicht wie Äffchen, eher wie Saiten, nein, auch wie Äffchen, das sei die Voraussetzung, die jeder anarchistischen Spielart zu Grunde liegen müsse, weil der Verstand immer getrimmt sei, geformt von der herrschenden Macht. Deshalb brauchten wir eine überindividuelle Rationalität, die das Denken aus eingefahrenen Bahnen kippe. Das Denken, hatte ich geschrieben, müsse dazu gebracht werden, sich Areale neu zu erschließen, ich meine, hirnphysiologisch. Die Bewegung in ähnlichen Bahnen, das Befeuern ähnlicher Areale, ziehe einen Mangel an Weite, eine Lust am Gleichen nach sich. Das Denken der Künstler und das Denken derer, die beim Leben und Sterben helfen, sei am ehesten in der Lage dazu, es sei anders vernetzt und weniger eingefahren.

Auch so hatte ich Irene meinen anarchistischen Ansatz zu erklären versucht: Das Überindividuelle liege näher am Ganzen oder am Nichts, und Denken solle die Begriffe luftig machen, dass es widerständig bleibe, nicht der Macht zuarbeite. Schieß das Denken ins All, Irene, lass es zu sich kommen und fang es mit dem Begriffseimerchen wieder ein, es sieht anders aus. Es habe was Freies, es markiere nicht jedes Zipfelchen, als gelte es, in einem fort ein Revier abzustecken. Ich meine dieses Zwischen, das nicht fassbar sei, ein Mehr zur Potenz, die Rationalität des Universums insgesamt. Und dieses Mehr sei hypothetisch, ein Komplexitätsgrad, der der

individuellen Rationalität als schiere Möglichkeit er-
scheine, für den sie den Sprung in den Mythos wage.

Weniger klugscheißen, hat Irene geantwortet, ich
würde mir noch oft genug den Schädel blutig schlagen,
auch das kippe das Denken aus eingefahrenen Bahnen,
sei halt bloß Leben.

✦

Die Frau, hinter der ich mich anstellte, hatte eine Car-
gohose an, ganz ähnlich wie Irene sie auf Kreta trug;
ich müsse Irene sagen, wie gern ich Hand in Hand mit
ihr, vielleicht auch einfach nebeneinander her, wie gern
ich sie berührte, streichelte, wie gern ich sie leckte, und
ein Durchschnittsmensch im Leben auf 4450 Liebes-
akte komme, und ich 500 Jahre alt werden müsse, um
ein ganzer Durchschnittsmensch zu sein, und alles der
Depression wegen – als sei ich durch eine Schattenwelt
gegangen und hätt mich immer hingesetzt, weil ich
nicht einen Schritt mehr weiter konnte, so erschöpft
in meinem Körper.

✦

Ich querte die Wandelhalle, ging in die dahinter lie-
genden Museums-Räume, blieb vor Köpfen, Torsi,
Reliefs stehen, betrachtete Münzen, Scherben, Vasen,
Statuetten, Schreibwerkzeuge, schaute das Spiel- und
Küchenzeug, die Bronzestückchen: Ostrakonen an,

stand dann vor einem Marmorquader, in den Schlitze eingemeißelt waren, stand vor dem Fragment der Losmaschine wie vor ner Ikone, die ich verstohlen berührte, stand vor diesem Seelenstück antiker Demokratie, das mich seit Monaten begleitet hatte; in Spalten waren Schlitze eingemeißelt, elf Spalten waren es, die für elf Phylen standen, aus denen man Geschworene loste und die Boule-Mitglieder, sechstausend wurden jährlich fürs Gericht gelost und für die Boule vierhundert, und Losen hieß lebendig machen: Ein Flow lief durchs System, jeder Bürger hatte Ämter inne im Laufe seines Lebens, jeder Bürger kam mit seinem Bronzekärtchen, um es in den Schlitz zu stecken, und die Kugeln ließ man durch ne Röhre laufen, weiße, schwarze Kugeln, und die weiße Kugel war das Los, das Amt und Pflicht zuwies, und immer galt das Los für eine ganze Reihe, und ich heiter wurde vor dem Losmaschinen-Teil, dem Steinfragment mit Schlitzen, weil so ein Atem übers Losen in Systeme ging und ich des Kleroterions wegen hergekommen war; ich würde Losmaschinen bauen, hatte ich Irene geschrieben, ich würde eine Software entwickeln und Los-Aktionen durchführen, ich würde Manifeste schreiben, etwas in der Art:

Losen wir gefälligst

Losen erzeugt produktive Unruhe.
Losen minimiert Korruption.
Losen unterläuft Klüngelbildung.

Losen generiert Kreativität.
Losen bricht Verkrustungen auf.
Losen rückt Grundlosigkeit in den Blick.
Losen ergänzt die Wahl.

Die Punkte müsse ich noch ausformulieren, hatte ich ihr geschrieben. Und sie, wie willst du das finanzieren, woher bitte die Kohle für so ein Riesen-Projekt? Das wisse ich noch nicht, ich würde mich an Fördertöpfe halten und Papierchen schreiben oder einen Sponsor finden. Dass ich selbst Geld hätte, das sich locker machen ließe, habe ich verschwiegen.

✦

Die Obdachlosen riefen Bilder. Flüchtende in Massenlagern sah ich, Ken Saro Wiwa sah ich sterben am viel zu langen Strick und Marsyas, den Flötenspieler, sah ich, dem Apoll die Haut abzieht. Das hab ich mir angewöhnt: Den Kopf nicht wegzudrehen, wenn ich solche Bilder sah, *auskristallisieren lassen*, sagte ich dazu, *das himmelschreiend Ungerechte, die beschissenen Strukturen auskristallisieren lassen.* Heiterkeit müsse das aushalten, hatte ich Irene geschrieben, Heiterkeit dürfe nicht zynisch werden, wenn sie gegen die beschissenen Strukturen kämpfe, *heiter kämpfen,* hatte ich ihr geschrieben und sie darauf, *wie oft?* wie oft ich heiter gekämpft, wie oft ich überhaupt gekämpft hätte. Ich hab von meiner Hampelmannexistenz, vom

neoliberalen Marionettendasein geschrieben, den verinnerlichten Strukturen, die ich hätte zerschlagen und
lösen müssen und das ein Kampf, in dem ich selbst fast
draufgegangen, gewesen sei, nicht heiter, beileibe nicht
heiter anfangs, erst später sei die Heiterkeit gekommen,
dieser Freiraum; erst hatte ich nicht mal die Zehenspit-
zen im Außerhalb, *du musst nen Fuß im Drüben haben,*
hab ich geschrieben und sie darauf, ob auch das Trübe
gelte, wenn man nen Fuß im Trüben habe, außerhalb
des Gesetzes, ob auch das heiter mache, und ich, es
mache einen Unterschied, ob man jemanden erschla-
ge oder ein Versammlungsverbot übertrete. Für mich
strebte ich eine epikureische Heiterkeit an, ja, so heiter
wie Epikur wolle ich kämpfen, so heiter auch sterben.
Deshalb hätte ich beschlossen ans Jenseits zu glauben,
deshalb sei es mir schnuppe, ob ich das Jenseits erfände
oder ob das Jenseits existiere, deshalb glaubte ich den
Mythen, glaubte ihnen, ohne zu glauben, je absurder,
desto lieber seien sie mir, weil sie sagten, da ist Potentialität, und, heißa, was schon ist Potentialität, auch
der Kiesweg und der Kartenautomat, die Menschen,
die sich anstellten und die Metro, die hier über Tag
geführt wurde, waren Potentialität. Eine Potentialität,
die sich der Mythos abgeschaut hat, geklaut.
   Meistens rackerte ich, wenn mir die Dinge an die Seele rückten, rackerte wie in Trance, sammelte Hölzchen,
Blättchen, Spreißel, Zeug, legte Kasten an, die heiter
waren, und schrieb auf Hadernpapier, überschrieb, was
ich geschrieben hatte, bis mir die Haut vom Finger hing,

sonst hätte ich dicht machen müssen, die Schotten, den
Laden, oder ich hätte den Strick nehmen müssen.

✦

Die Plaka war ein Potemkinsches Dorf, alles high life,
alles roger; Touristen berührten Kleider, Tücher, Hosen, Shirts und Shorts, Touristen hoben Statuetten von
Athene, Zeus, Apollon, Aphrodite hoch, Touristen nahmen Ansichtskarten in die Hand, die den Parthenon,
das Erechtheion bei Tag und Nacht, im Sommer, im
Winter, aus verschiedenen Perspektiven zeigten und
Satyrn mit Mega-Erektion, Touristen schauten Satyrn
mit Mega-Erektion auch auf Vasen und auf Tellern an,
Touristen fuhren prüfend über Ledertaschen und Sandalen, über Uhren, Pferdchen und Amphoren, über
Döschen, Masken und Medusen, kramten ihre wohl-
verwahrten Börsen aus den Taschen, den Tand zu er-
stehen und sich in ihrer Kraft: ihrer Kaufkraft zu spüren.
Touristen wurden von Kellnern in Restaurants und Ka-
fenions geleitet, dort saßen sie auf Sesseln mit gerader
Lehne unter Bäumen, Lauben, Sonnenschirmen vor
Moussaka, Souflaki, Pommes, Pommes, griechischem
Salat und wurden verwöhnt mit griechischer Volks-
musik und MTV-gängigen Hits.

Die Plaka war ein Potemkinsches Dorf, durch das
der Strom der Kaufkraft täglich zog, die Plaka war ein
Heimatmuseum, die Plaka war Disneyland, in dem
Busy Poeple relaxten, Gäste aus Mitteleuropa, die dem

Land die Treue hielten, weil's Zonen gab, in denen sie unbehelligt blieben vom grassierenden Elend. Nicht einmal Graffitis mussten sie aushalten, nur vereinzelt waren Figuren an Fassaden gesprayt, die in anderen Vierteln Türen und Läden und Wände bedeckten. Relaxen konnte hier der neoliberal beschleunigte Geist im Schatten antiker Demokratie, sich rüstend für die Zeit danach, die durchgeplant am Schnürchen laufen musste.

✦

Ich saß einem Mann gegenüber, der mich angesprochen hatte, *wollen wir was trinken*, und mit elegantem Nicken, *Konstantin*. Konstantin war neben mir gegangen und hatte mich beim Gestikulieren berührt, *sorry*, hatte Konstantin gesagt. Konstantin war ähnlich alt wie ich, trug beige Leinenhosen und geflügelte Schuhe – nein, trug er nicht, aber eine Brise ist aufgekommen, ein Windchen: Espritchen. Ich kann nicht sagen, wann zuvor mir so ein Windchen widerfahren war; auch nicht, wie das Espritchen aufgekommen ist, ob's meine Heiterkeit, ob's meine Losmaschinen-Euphorie, ob's Konstantins Heiterkeit war; er habe es sich sehr gewünscht, jemand wie mir zu begegnen, hatte Konstantin gesagt; es war, als blase das Windchen, was hemmte, fort und ich vom Kleroterion zu erzählen begann, das mich inspiriert habe von dem Moment an, als ich darüber gestolpert sei auf Kreta. Losen heißt auch hören, sagte ich, das Losen sei erst Sache der Priester gewesen, dieser Aspekt sei geblieben, egal, wie profan das Los-Ding geworden ist. Und Konstantin. Sein Ex sei Priester gewesen. Michael.

Schweigen am Tisch, das umschwirrt wurde, umsummt und laut auch gestoßen von Satzstücken, Lachen, Sesselrücken, *Ax Koritsi mou* von Giannis Ploutarxos tönte aus billigen Lautsprechern.

Letztendlich habe sich Michael für seinen Glauben entschieden. Die größte Freiheitsmöglichkeit sei sein Glaube, habe Michael immer behauptet, was lächerlich sei, man möge ihm, Konstantin, die frommen Freien zeigen, man möge ihm bitte sagen, wann denn die Frommen jemals frei waren, Freigeister. Immer seien die Ketzer und die Gesetzesübertreter die Freigeister gewesen, schon Prometheus hätten die Götter an die Felswand geschmiedet, weil er ihnen das Licht gestohlen habe.

Und ich. Nein, sorry, genau die seien es: die Ketzer, die Gesetzesübertreter seien die frommen Freien; wenn man die Geschichte der Lichtbringer erzähle, erzähle man von den frommen Freien. Die an etwas so glaubten, dass sie eine Norm durchbrächen. Es gehe gar nicht anders: als Gesetzesübertreter brauche man Glaubenskraft.

Und Konstantin. Okay, man brauche Glaubenskraft, aber man sei nicht fromm, das seien zwei Paar Schuhe. Man zerstöre ein Konstrukt, das verbindlich sei, als Häretiker, man lege ein anderes drüber. Als Frommer

aber sei man selig, wenn man ein Konstrukt erfülle.
Als Häretiker glaube man an sich, an eine Kraft in sich,
nenne man sie Lebenskraft oder genetische Spur.

Und ich. Ich hätte bis zum Umfallen gearbeitet und
Wort an Wort gereiht, mit *we are beginners* hätte ich
begonnen und überschrieben hätte ich den Satz, immer
wieder überschrieben hätte ich den Satz, oder ich hätte
den Satz *ich selbst bin anarchist, aber von einer anderen
art* so lange auf Büttenpapier gemalt, bis alles lose war,
und nichts mehr Gültigkeit besaß, auch ich nicht, und
dann: ein Nicht-Geschmack, ein Schimmer. Und Konstantin. Michael hätte dazu wohl Gott gesagt, oder das
Göttliche – *Schimmer*, Michael habe sogar das gleiche
Wort verwendet. Konstantin sah mich an, auf jeden Fall
würde er mich faszinieren, schön und klug wie er sei.
Viele seien hinter ihm her, auch viele Frauen. Vielleicht
hätten sie losen sollen, Gott oder er.

✦

Wir trafen uns wieder. Auf dem Smartphone zeigte
Konstantin mir das Segelboot, auf dem er einhand erst
durch die Kykladen, dann nach Kreta segeln würde.
32-Fuß und wenig spektakulär, sagte Konstantin, die
Segel habe er neu gekauft, nicht gerade die aerodynamischsten, aber was solle er einhand mit den gelatteten
Dingern, und auch der Bergeschlauch für den Spinnaker sei neu, die Winschen habe er selbst montiert, die
Schoten und Fallen alle ins Cockpit geführt.

Es war mir angenehm, wie Konstantin erzählte und übers Display wischte, es war mir angenehm, bis Konstantins Unterarm meinen Unterarm berührte und Härchen sich verhakten und ein Blitz durch mich ging, ein Blitz, der mich erschreckte und eigenartig hob. Ganz ungesäumt war ich und passager und anders schwarz das Display im aufgeklappten Etui und seltsam scharf und nah gerückt das Eck, auf dem es lag.

Dann kippte das Ganze ins Normale zurück, vielleicht, weil ich den Sessel rückte, weg von Konstantin. Die Raucher am Nachbartisch beneidete ich, die Zigaretten aus einer Packung zogen, und ich nicht wusste, was tun mit meinen Händen. Und du bist hinterm Zufall her, fragte Konstantin. Und ich. Ja, ich bin hinter dem Zufall her. Das Losen könnte eine Möglichkeit sein im Künstlerischen, auch im Politischen.

Werfen wir das Los darüber, ob wir die Scharia einführen oder nicht? Nein, sorry, nicht so, nur dort entscheide das Los, wo es sinnvoll sei – wo sich für eine Funktion ähnlich qualifizierte Leute bewerben würden oder wo man Reihenfolgen festlegen wolle. Konstantin schwieg, trotzdem greife man damit auf eine vordemokratische Form zurück. Und ich. Nicht unbedingt. Weil man ja in einem legitimierten Rahmen lose.

Konstantin sah mich an, am ehesten könne er das Losen als Spiel akzeptieren – man würde im Kampf gegen den Fundamentalismus ja selbst immer fundamentalistischer. Und ich. Schon irr, wie fundamentalistisch die Welt ticke, nicht nur religiös, wie alles über einen

Kamm geschert sein müsse, wie schön einer sein müsse, dass er schön ist, wie katalogschön. Für mich sei Kunst eine Möglichkeit dagegen, auch gegen mich selbst, da sickere so viel ein in einen, dass man fast automatisch katalogschön würde. Und er. Komisch, auch Michael habe sich fürs Losen interessiert, weil's in der Bibel eine Möglichkeit war, den Willen Gottes zu erkunden, und dann sei, zapp, mit einem Mal nicht mehr gelost worden, weil's ja einen direkten Draht gab – ich müsse mir vorstellen, erst wurde noch das Los geworfen, um Ersatz für den Judas zu finden, den Judas Ischariot, dann Pfingsten, und Schluss mit Losen, wegen der Direktleitung.

✦

Immer anders ließ das Licht die Staubpartikel tanzen und das Zyperngras wachsen, dass ich meinte zuschauen zu können, wie die Blattkronen hinausrückten über die Kanten der Bücher. Ich blieb einfach sitzen, Butter, Käse, Müsli, Honig, Obst und Brot hatte ich in Tischmitte zwischen die Gedecke gelegt. Um 10.00 Uhr hatte ich ins kochende Wasser gelacht und aufs Klingeln gewartet, das ist geblieben, die Pünktlichkeit, um 10.05 hatte ich die Platte ausgeschaltet – *keine Eier*, ich hörte die schnapslaute Stimme, ob ich keine Eier habe, ob ich mir Christine einfach ausspannen ließe, *ausspannen*, als sei Christine ein Zugtier, das unter Missachtung der geltenden Besitzverhältnisse ausgeschirrt und abgespannt worden sei, was nach Vergeltung schreie, aber ich: *keine Eier – Feigling* hatte das bedeutet, *nicht mit uns.*

Der Tee war kalt, obwohl ich ein Tellerchen auf den Krug neben dem Anemonen-Strauß gelegt hatte. Am Blumenstand hatte ich die Anemonen gekauft, Anemonen, wie sie auf Kreta geblüht hatten. Durchgemacht, habe ich anfangs gedacht, durchgemacht und verschlafen oder es ist ihr was zugestoßen – *die von der Goldenen Morgenröte sind hinter mir her und die Hüter der Ordnung. Irene wird kommen,* ließ ich Konstantin sagen, *Irene wird kommen,* als sei Konstantin mein Schutzgeist, mein imaginärer Lebensberater.

✦

Mücken schwärmten, Mücken starben, ihre Körperchen begannen einen Kreis um das Honigglas zu bilden, die Speisereste verfärbten sich; fettig wurden meine Haare, strähnig, ich blieb einfach sitzen inmitten des Ganzen, ich rührte mich nicht – nur mein Hörsinn rebellierte, Geräusche überdeutlich registrierend, Geräusche, die anschwollen, sich überlagerten, dann wieder abebbten, ausdünnten und die nahen Geräusche, die den Temperaturschwankungen und der Verdauung geschuldet waren, umlagerten.

Ich sah mich der Farbe und Größe nach Autos ordnen, während die Großeltern und Tanten auf der Couch und den Sesseln saßen, bevor sie vom Vater an den Esstisch gebeten wurden. Oder meine Mutter saß neben mir und ich las ihr vor, obwohl ich noch nicht lesen konnte, *auf der bunten Blumenwiese geht ein buntes Tier spazieren, wandert zwischen grünen Halmen, wandert unter Schierlingspalmen.* Dann sah ich die Maserung des Kirschholzfurniers, über der mir der Aufsichtsratsvorsitzende den Rauswurf, den der Aufsichtsratsvorsitzende Trennung nannte, schmackhaft machte. Und etwas wie Glück leuchtete auf am Tisch mit den hohen Beinen, den wir gemeinsam gezimmert hatten, weil ich mit den Brüdern und Schwestern über Gartenbau reden konnte. Und Christine erklärte den Kindern dort dann die Zukunft, *wir werden immer für euch da sein, Jakob, Elena, auch wenn wir jetzt getrennte Wege gehen.*

Jakob und Elena nahmen mich an der Hand, dann verschwanden sie, tauchten wieder auf, auch Maja streckte mir die Arme entgegen, während die Bauern beim Keuschnwirt *Bubi hats gforn, hin wars* wie eine Eintrittsformel repetierten und die Brüder und Schwestern vom Ginthof sich zu mir gesellten, wobei der Schamane nicht abließ, mir das Prinzip der Entelechie zu erklären und Konstantin dazwischen funkte und mich am Arm berührte und Konstantin dazwischen funkte und mich zu streicheln begann und Konstantin Irene verdeckte, die sich wieder vor Konstantin stellte und verrenkte – bis die Bilder ausdünnten und eine Leere sich einstellte, die mal schmerzlich, mal zärtlich war; dann reihten sich Splitter zu Ketten, formierten sich kaleidoskopartig, verschwanden, tauchten auf, konstellierten sich neu, begannen seltsam zu rutschen und sich ineinander zu verkeilen, nur die Graffitis schwärmten, während sich die geliehenen Linien, die von den U-Bahnzügen geliehenen Linien, immer weiter verwirrten, Liedzeilen dazwischen, *when it came time to throw bricks.*

✦

Der Wind war nur ein Lüftchen und brachte Geräusche einzeln von den Straßen rauf, anschwellend, amalgamierend, und wärmer wurde es am Vormittag, richtig warm in der Sonne. Ein Auge, ein Ohr hatte ich an der Tür – war Wächter und Schreiber, Wächter und Geher, Wächter und Pinkler, Wächter und Skyper. *Morgen können wir gemeinsam Frühstückessen.* Morgen war vor drei Tagen und keine Antwort auf meine Fragen, *wo bist du, ist was passiert, ist dir was zugestoßen.*

Die Wohnung gehört ner Freundin, die zu mir gezogen ist nach Exarchia. Die Faschos von der Morgenröte sind hinter mir her, und die von den DELTA-Einheiten. Ich hörte den Sätzen hinterher, bis ich die Mappe mit den Büttenpapier aus dem Koffer nahm und zu schreiben begann.

ich selbst bin anarchist aber von einer anderen art ich selbst bin anarchist aber von einer anderen art ich selbst bin anarchist aber von einer anderen art ich selbst bin anarchist aber von einer anderen art ich selbst bin

anarchist aber von einer anderen art ich selbst bin anarchist aber von einer anderen art

Dabei redete ich mit Irene, als säße sie neben mir. Dass
die Revolution friedlich sein müsse, ein friedlicher Auf-
bau aus einem anderen Geist, dass uns das ansatzweise
auf dem Ginthof gelungen sei, solche Sachen; auch
wenn wir alle zugerichtet gewesen seien, sagte ich zu
Irene, hätten wir versucht, alles so gut zu machen, wie
wir es konnten und eines sei mir dabei klar geworden,
in all den Aufrufen zur Revolution sei das Heroische
ein Trick, der immer an das Ganze, an *die* Revolution
appelliere und riesengroße Töne spucke. Revolution
aber sei das Bild vom Ganzen *und* der lange Atem *und*
die kleinen Schritte.

ich selbst bin anarchist aber von einer anderen art ich
selbst bin anarchist aber von einer anderen art ich selbst
bin anarchist aber von einer anderen art ich selbst bin
anarchist aber von einer anderen art ich selbst bin anarchist aber von einer anderen art ich selbst bin anarchist
aber von einer anderen art

Und Irene. Das sei die Variante für die Satten, die Zeit
bis zum Nimmerleinstag hätten und auf den Geist, das
Geistchen, die Schwingung oder weiß der Geier was
warten könnten, weil sie die Kohle dazu besäßen. Ich
könne mir die Inszenierung als Ghandi-Verschnitt und
Landauer-Jüngelchen einfach leisten, weil ich keine

Ahnung von der Not hätte, sie könne nicht verzichten, im Unterschied zu mir könne sie sich Gewalt-Verzicht nicht leisten, sonst verhungere sie, weil keine Brösel da seien, Land zu pachten, um mal ein Jährchen dort zu verweilen; solange ich so komfortabel mit den vorher beiseite geräumten Bröseln lebe, sei alles Gesäusel, pazifistisches Gesäusel.

✦

Butter und Käse verstaute ich im Kühlschrank, das Weißbrot warf ich in den Eimer, weil's verdorben war, *gestorben,* so ein Mist, immer worst-case-Phantasien – erschlagen, geflohen oder sie spielten mit mir, sie und ihr Nabel-Girl, sie und ihr Kampf-Mate, vielleicht beobachteten sie mich, vielleicht hatten sie eine Kamera installiert, *ist das nicht deine Wohnung? Nein, die Wohnung gehört ner Freundin, die zu mir gezogen ist, dafür bekomme ich die Hälfte von den Mieteinnahmen.*

Ich drehte den Plan um, den Irene auf den Tisch gelegt hatte und schrieb eine Liste an den Rückseiten-Rand, für die ich mich schäme. Ziemlich daneben.

Sag Freitag zu deinem Schwanz
schaff für ihn Arbeit an
such fürs Kälbchen/Kerlchen einen Unterstand
denk dir ein S vor Irene
rette Irene
sag, der Mangel hat seine Notwendigkeit eingebüßt

verstehe die Egomanie unserer Tage
sag, es gibt Überfluss
scheide die Spreu nicht vom Weizen
backe Vollkornkuchen
stell dir Irenes Scheide vor
bettle
bettle nicht
bete
bete nicht
mal deine Erektion
mal dir deine Erektion auf
erzähle vom Müßig-Sein
ekle dich
ekle dich nicht
sag Schmollmund zum G-Punkt
ecke an
säge an dem Ast, auf dem du sitzt
stell dir deinen Schwanz als Künstler vor
denk: reizender Schwanz
denk: Schwanz drüber
sag Sonntag zu deinem Schwanz
sag: Feierabend
nimm deinen Schwanz in die Hand
sag, es kommen härtere Tage
besuche die Stoff-Sisters
sag: Testosteronsubstitution
sag: SKAT ist kein Kartenspiel
sei ratlos
schreib Sildenafil, bis das Papier löchrig ist

betreibe Schwanz-Gymnastik
leih dir von Varoufakis das Motorrad aus
glaub an die Parthenogenese
dichte dir die Dysfunktion weg
lass dir Hörner wachsen
hol Irene mit dem Raumschiff ab
wirf dich in Schale
hau auf die putzigen Engelchen
spring für Irene in die Bresche
bring Irene um die Ecke
verwende dich für Irene
verschwende dich für Irene
sag: Samenstange Damenzange, wechselweise
lass dich vom Bäcker rufen
sag: Hans zum Schwanz, sag: Franz
sag: Fahnenstange
leg dich in runde Klammern
verlass die Lebzeltwelt
komm in die Gänge
hol die Segel dicht
wiege das Wappentier
sag: Lakritzenstange
weide dein Böcklein
mach es zum Gärtner
sag: heile, heile Segen
sag: unter deinen Schirm und Ständer
lass die Engel arbeiten
setz dich zwischen die Stühle
mach den Bock nicht zum Hasenfuß

verneige dich vor dem Schwanz
schleck Irenes Scham groß
geh auf ihn Irene, heb ab
es lebe die Schwarmintelligenz
nenne die orgiastische Präsenz
nicht hintergehbares Prinzip
nimm das Ticket, Babe

✧

Skype-Time. Erst sah ich Elena, die an Christines
Schreibtisch saß, ob mir schlecht sei, ob ich habe kotzen müssen. Nein, alles okay, ich hätte nur lange nicht
geschlafen. Dann kam Jakob, der einen zweiten Sessel
an den Schreibtisch schob, ins Bild, aufgeregt, sie hätten ein Kälbchen bekommen, das zu schwach sei, bei
seiner Mutter zu trinken; in der Nacht würden sie im
Stall beim Kälbchen bleiben.

Elena hielt einen Flyer ins Bild, Mama mache gerade ein Seminar, dann könne sie auch so Kurse halten.
Und ich, was sagt Klaus dazu? Nichts, warum? Nur so.
Dabei war mir Christines esoterischer Schwenk alles
andere als wurscht – als siedelte sie auf einem anderen
Stern und stellte dort auch Hüttchen für die Kinder auf.
Ich fragte nach der Schule und wusste, dass bei Elena
alles gut sein und Jakob sich übers Schreiben beschweren würde. Dann nahm das Gespräch eine, sagen wir,
eigenartige Wendung. Wann ich wiederkomme. Ich
hätte versprochen, bis Ende März auf dem Ginthof zu

bleiben. Stimmt, sagte ich, aber ich müsse eine Zeit
lang hier leben, es sei wichtig für meine Arbeit. Und
Elena. Aber Mama sagt, dass es keine Arbeit ist. Was
ist es sonst? Ein Hobby. Nein, es ist Arbeit. Ob ich damit Geld verdiene. Es sei auch Arbeit, wenn man kein
Geld damit verdiene. Warum ich diese Arbeit mache.
Weil ich gerne Künstler sei. Und Jakob. Aber nur wer
in Galerien ausstellt und so viele Bilder verkauft, dass
er davon leben kann, ist ein Künstler. Wer sagt das
bitte? Mama. Und ich. Jeder, der versucht, etwas zu
erforschen und zu erfahren und das auch darstellt, ist
ein Künstler. So wie die Kasten, in die du die Hölzchen
gibst? So zum Beispiel.

Auch Klaus schien Stimmung gegen mich zu machen
und den Kindern Videos von gewalttätigen Demonstrationen zu zeigen. Ob ich auch demonstrieren würde.
Klar, aber ich würde nur bei friedlichen Demos mitma-
chen, und, das mögen sie bitte Klaus ausrichten, Demos
seien fast immer friedlich. Dann erzählten die Kinder
von einem Hund, der die Demonstranten begleitet habe,
und ich war seltsam berührt, weil es offensichtlich Ermis war.

Klaus habe gesagt, dass der Hund ein besonderer
Hund sei, weil Hunde Lärm normalerweise nicht mö-
gen. Und Klaus und Klaus. Klaus habe erlaubt, dass
Wessely im Vorhaus schlafe, Klaus habe mit ihnen den
Korb für Wessely ausgesucht, Klaus begleite sie zum
Schulbus, Klaus koche für sie, Klaus helfe bei den Haus-
aufgaben, jetzt rief er nach ihnen und sie reagierten im

Augenblick. Sie müssten mit Klaus noch das Kälbchen füttern. Ciao.

✧

Ich ging auf den Balkon, hörte Rauschen von den Straßen rauf, in das sich Quietschen, Hupen, Stoßen schnitten, hörte das Rascheln der dürren Blätter, die über den Terrazzoboden tanzten und an den Töpfen, Besen, Kannen, an den Sofabeinen hängenblieben und an der Brüstung einen Blattsaum bildeten. Dann war Maja da, stand mit mir vor dem Nest, das die Sonne auf den Waldboden legte, schmiegte sich an mich, weil das ja ein Wunder war, das das Herz zum Überfließen brachte. So hatte es auch Anna gesagt, *danke, Maja, danke für die Freude, die du uns gelehrt hast, danke für die Freude, die von der Erde und vom Himmel etwas hat. Du wirst mich weiter an der Hand nehmen, Maja, um mir die frisch getriebenen Buchenblätter zu zeigen, die weggesperrte Trauer in den Herzen, im Wald die Sonnennester, du wirst weiter Wessely streicheln, Maja, du wirst mich weiter frisieren und mir weiter Geschichten erzählen.*

✧

Auch das gibt es: Ich wusste mit einem Mal, was zu tun war.

Zeug auf den Tisch legen und das Zeug fotografieren, um Veränderungen festzustellen im Falle des Falles.

Vielleicht würde das Tuch, das ich zwischen die Teller drapierte, anders liegen, vielleicht würden die Blätter, die ich um die Blumenvase legte, verrückt sein oder die Krumen im Abwaschbecken fehlen.

Duschen. Das vor allem. Das Duschgel hielt ich wie einen Talisman, der vor dem Schimmel in der Duschkabine schützte, und kalt war das Wasser, ganz egal, in welche Richtung ich den Regler schob. Was hatten wir gelacht, krakeelt, als Wasser aus den Säcken an den Sparren rann, wie waren die Nippel erigiert, die Pimmel mäuschenklein geworden, mein Pimmel mäuschenklein geworden, Klaus' Pimmel war auch in der Kälte groß geblieben, Rüsseltier.

Das Hadernpapier an die Tür lehnen, mit dem so oft wiederholten und überschriebenen Satz, den niemand mehr entziffern konnte.

Block und Kugelschreiber in die Tasche packen, den Riemen kürzer stellen, dass sie nicht an meinen Schenkel stieß.

Salz aus dem Küchenschrank nehmen, grobes Salz, Salz auf den Boden streuen, die Wohnungstüre öffnen, die Salzsaat vom Stiegenhaus aus fotografieren. Die Körner, die über die Schwelle gerieselt waren, unter den Schuhabstreifer wischen.

✢

Ich schaute mich um, ob wer: ob sie mir folgte, starrte auf die Menschen, die in die Gasse bogen, unter

Kolonnaden schlenderten, neben offenen Containern standen; alte Uhren wurden angeboten, Wand- und Stand- und Kuckucksuhren; dem Bettler gab ich fünfzig Cent in die geschwollene Hand und stieg vom Trottoir, um einen Mann, der Münzen prüfte, die auf einem Tischchen neben Kupferpfannen lagen, nicht zu stören, stieg aufs Trottoir zurück und machte mich schmal.

Durch Gassen, die ich bereits kannte, ging ich Richtung Monastiraki, vorbei an den Graffitis, die von den Wänden grüßten, vorbei am Geschäft, in dem der Herr im Anzug über seinen Ordnern saß, an den Brunnen vorbei, ein Gelübde schlampig denkend vor der blau gefleckten Nymphe: Kaufen würde ich das Ding, wenn alles sich zum Guten wende.

Taxis warteten sonnengelb an der linken Seite des Platzes. Das Kirchlein war nieder, viel höher die Tzistarakis-Moschee am Ende des Platzes, groß die Tzistarakis-Moschee neben der Metrostation, aus der in Schüben Leute traten; Gebäude mit vorgehängtem Sonnenschutz, Gebäude mit Thujen und ähnlichen Pflanzen auf dem Dach, Gebäude mit umlaufendem Fensterband. Die bunten Pflastersteine sprangen mich an, *haben Pflastersteine in die Hand genommen, Georg, um die Wut mal rauszukriegen.*

Konstantin wohnte in einem der Gässchen hinter dem Platz, ach, Konstantin, nein, zuerst nach Exarchia. Bis zur Platía Omonia würde ich fahren, dann zu Fuß weitergehen, über die Plätze und durch die Parks, von denen Irene mir vorgeschwärmt hatte, durch den

Navarino-Park, über den Exarchion-Platz, vielleicht würde ich sie in einem der selbstverwalteten Zentren treffen, wo *Solidarität gedeiht, Georg, Solidarität und Widerstand,* als seien Solidarität und Widerstand so Pflänzchen, die man einsetzt und pflegt wie in diesen urban gardening projects, auf die man hier allenthalben stieß. Ich nahm die grüne Linie Richtung Kifissia.

✧

Die Leute redeten leise in der Metro, die Leute hatten alte Handys und schlechte Zähne, zwei Frauen fielen mir auf, die schick gekleidet in teure Smartphones tippten, *scheiß Unterdrücker: wenn du checkst, wie sie agieren, kannst du nur Anarchistin werden*; wenigstens bewegte sich die Metro wie in andern Städten, mich ausspeiend schon nach einer Station.

Hässlich war der Omonia-Platz, schlimmer noch, tot war der Omonia-Platz, hoffnungslos zugepflastert, Tröge mit siechenden Palmen säumten den Platz, Tröge mit mageren Olivenbäumen und abgestorbenen Stauden, sinnlose Stufen erhoben sich mittig und ein Riesen-Objekt aus Metall, das sich wohl bewegte, bevor es beschloss, sich mangels Schönheit aus dem Spiel zu nehmen, hässlich auch die Gebäude um den Platz, stuckverziert, gerastert, verglast, mit umlaufenden Balustraden; ich war allein auf dem Platz, bis auf eine Frau, die Fotos machte und einen Mann, der langen Schritts an ihr vorüberging.

✦

Ich ging auf Asphalt und auf rötlichen Pflastersteinen. Schmale Marmorstege fassten Quadrate ein, aus denen Bäumchen wuchsen, grüner Saum zur Straße hin; Müllcontainer standen dazwischen, Stände und Kioske, grün lackierte Gitterteile, an denen Abfall sich verfing, Litfaßsäulen, Tafeln, Hinweisschilder. Nichts war auf Glanz gebracht. Autos fuhren in losen Kolonnen. Egal, ob die Menschen sich treiben ließen, ob sie zielstrebig gingen oder sich unterhielten, niemand war herausgeputzt. Diese Straßensäume würde ich erforschen, die sich dem Smarten widersetzten; mit Sorgfalt würde ich die Säume malen, auf Hadernpapier würde ich Sätze dazu schreiben, *das Hässliche darf nicht ausgemerzt werden, das Hässliche darf nicht ausgemerzt werden.*

Wie ging mir all das Smarte auf den Sack, diese Citys, die durchdesignt sind, nirgends stolpert der Blick, kein hässlicher Rand, kein Saum, der irritiert, nichts, das ein Innehalten provoziert; perfektionieren heißt: das Leben verjagen, nur das Imperfekte ist lebendig, *es lebe dieses Pflaster, es lebe dieser Rand* – genau das würde ich Irene sagen und: schau mich an, Irene, ich bin der Prototyp des Imperfekten, nein, das würde ich nicht sagen.

Im Parterre gab es Läden, nur ohne Kunden, viele waren pleite, die Rollladen heruntergelassen, Menschen saßen davor auf Kartons. Man beginne die Graffitis zu vermarkten, hatte Irene geschrieben, nichts, es gebe wirklich nichts, das sich dieses scheiß System nicht unter den Nagel zu reißen versuche. Sie kämpften dagegen, und sie seien glücklich, wenn sie solidarisch seien, sie brauchten auch das Gefasel von der Barmherzigkeit nicht, das immer mit der Stricherlliste winke, macht noch ein Goodie im Jenseits und noch eins. Sie kämpften fürs Leben, und das Leben sei dort, wo Freiheit ist, genau dort seien sie glücklich – sie hätten die Absperrbänder entfernt und Löcher in den Beton gebohrt, um Bäume zu pflanzen, das sei der Beginn des Parks gewesen. Und alle hätten mitgeholfen, Studentinnen, Arbeiter, Arbeitslose, Jugendliche, Familien, Pensionistinnen, wie habe sie das glücklich gemacht. Sie seien nicht mehr das radikale Grüppchen, sei seien mit einem Mal viele gewesen, alle Altersgruppen und alle fröhlich, weil klar gewesen sei, dass eine andere Gesellschaft möglich ist, eine Gesellschaft der Selbstbestimmten, eine Gesellschaft der Freien; aus der Freiheit wachse alles: die Lust am Leben, am Lernen, am Teilen, sie hätten gemeinsam gearbeitet, sie hätten gesungen, getrunken, getanzt. Die Leute hätten Essen mitgebracht.

✦

Wie Motorhunde hingen Busse an Leitungen, Doppelstriche gegen den Himmel, die zu Netzen verdichteten, um dann wieder als Doppelstriche weiterzulaufen, gesäumt von Bäumen, die den Blick behüteten, wenn er nach oben ging, meinen Blick behüteten, und die Autos auf Abstand hielten, den Lärm der Autos; größer war der Abstand zwischen den Autos, vielleicht schob die Sonne sie auseinander oder mein Blick, vielleicht auch Irene, meine Sorge um sie.

Die 28is Oktovriou ging ich entlang, bis ich, wie es Google Maps empfahl, in die Odos Stournari bog, willkommen, die Fassaden hier spielten großes Theater, und Theater hier *Aufstand* meinte, *Revolution!* und Theater hier Lemuren, Hybride, seltsamste Wesen gebar und FUCK-Parolen in den Alltag schrie, *steht auf und kämpft*, und SMASH stürzten Häuser ein, trug ein Mann drei Ringe statt eines Kopfs, waren Steckaugen auf Bandagen gesetzt – als Myzel wuchsen die Bilder von den Wänden über Trottoirs in die Straßen, in die Stadt, Cops waren Bad Cops und hatten Schweinsgesichter, die Stöcke zum Schlag erhoben, bizarr gezackte Wesen darüber, Kapitalisten- und Kariesteufel, spiralschöne Menschen dazwischen, PENG PENG explodierte der Himmel, PENG PENG explodierte die Welt, Brandflaschen, Kürzel, Kritzeleien und Baba-Kinder dazwischen, Zündler, Kapitalisten mit Zylinder, die die Erde zwischen ihre fetten Arme zwängten, hohlwangige Männer, leidend Frauen und Kinder.

Anna hatte den Artikel über Alexandros Grigoropoulos aus der Stadt mitgebracht, auch das Gedicht von Alexandros' Freunden hatte sie aufgetrieben, es war im Dezember 2008 gewesen; Schüler, Studenten hatten zu demonstrieren begonnen und Abertausende hatten sich angeschlossen. Auch Irene hat sich immer wieder auf den Mord berufen, *Alexandros, Alexandros,* um ihn mit dem November 1973 in Verbindung zu bringen, *ein Panzer, Georg, hatte das Tor niedergewalzt, an das sich im Polytechnio Studenten geklammert hatten, mehr als 25 von ihnen wurden dabei getötet, und damals wie heute hat das Morden das Ende der Diktatur eingeläutet,* mit dem Zeigefinger hatte Irene zweimal in die Luft gestochen und *das Ende der Diktatur* mit agitatorischem Nachdruck wiederholt. Ein Nachdruck, der mir unangenehm war, *weil der Vergleich bei aller Liebe hinkt, sorry, Irene,* da gibt es zu wenig Gemeinsamkeiten, Äpfel mit Birnen sozusagen, *nein, mein Einwurf sei Scheiße,* weil Obst ins Spiel zu bringen, wenn es um Leben gehe, völlig daneben – ja, zugegeben, aber, sorry, der Mord an den Studenten im Polytechnio habe ein aus den letzten Löchern pfeifendes nazistisches Regime zum Kippen gebracht, während der Mord an einem Schüler den Neoliberalismus nicht im mindesten in Frage stelle; sorry, hatte ich gesagt, auch ich hätte gern eine andere Welt, auch ich sähe die Verarmung auf der einen und den irren Zuwachs an Vermögen auf der anderen Seite, auch ich sähe den Raubbau und die Erwärmung, aber genau deswegen könne man nicht annehmen, dass der Mord an Alexandros den Anfang vom Ende der neoliberalen Diktatur bedeute. Da gehe nur der lange Weg der Bewusstseinsbildung, da gehe nur das andere Leben, das glücklich ist, ein Leben, das die Blätter, wenn sie austreiben, sieht und die Kinder beim Spielen, ein Leben, das sich am Leben spürt, indem es solidarisch ist.

In Strömen hatte es geregnet und feucht und kalt war's gewesen, als Anna mit der Zeitung aus der Stadt zurückgekommen war; Christine und Klaus waren am Tisch gesessen, betrunken, Klaus zwischen Christines Beinen, und ich ein weinerlicher Lappen, gehörnt, weißt du, was gehörnt heißt, Irene, gehörnt heißt, der Hahn wird nicht nur kastriert, nein, ihm werden auch die Sporen weggeschnitten und in den Kamm gesetzt, wo sie als Hörner weiterwachsen.

✧

Männer, die Drogen verkauften, passten auf wie Haftelmacher, um im Fall des Falles einfach in Mauerritzen zu springen, zart und dünn wie sie waren. Dünner noch, luftgängig, mit Beinen, die sich eigenmächtig bewegten, waren die Junkies, die gepierct, vernarbt, in Grüppchen zusammen standen, Verlorene, Verschworene, die enge Hosen um die Spider-Beine trugen, Doc Martens-Ähnliches an den Beinen und Hoodies, Sweatshirts, Parkas um die ausgezehrten Körper; das hatte Irene verschwiegen, dass Exarchia auch die Junkies dieser Stadt anzieht.

Durch ein Tor, das offenstand, ging ich von Hof zu Hof. Wunderkammern waren die Höfe, mit Graffitis bis in den dritten Stock – als seien Moiren an die Wand gesprungen, als hätten Geflügelte sich materialisiert. Vielleicht ist man auch anarchistisch, wenn man in die Bilder springt, vielleicht auch springen die Bilder in einen – oder es ist das, was zwischen den Bildern ist,

die Nichtchen, Weißchen, vielleicht sind sie das Herz
der Anarchie.

✦

So viele Buchläden und Copyshops gab es in Exarchia,
dass ich meinte, sie wollten dem neoliberalen Effizienz-
geheiß den Finger zeigen; in jeder Gasse ein Plattenla-
den, in jeder Gasse Bars, Cafés und Lokale, die einfache
Mahlzeiten anboten.

Ähnlich viele neoklassizistische Fassaden gab es in
Exarchia wie anderswo in Athen, sanierungsbedürf-
tig die meisten, plakatverklebt, verdreckt, besprayt,
schmucklose Fassaden daneben aus den 6oer Jahren,
die Müllcontainer standen ohne Deckel in den Straßen. Keine Luxusbauten, keine Supermärkte, keine
Bankomaten. Der Staat sei pleite, Investoren halte sich
Exarchia mit seinem zweifelhaften Ruf vom Leibe, dafür hätten sie Stekia, hatte Irene geschrieben und ich
hatte googeln müssen, was das sei: Steki. Dabei war klar
gewesen, was Irene meinte: das Gegenteil von unserem
Hof, soziales Zentrum, meeting point für Flüchtlinge,
Migrantinnen, Studentinnen, Arbeitslose, Ärzte, Junge,
Alte, miteinander zu reden, zu tanzen, zu essen, zu
lernen, sich mit Kunst auseinanderzusetzen, nicht mit
dieser akademischen blutleeren Scheiße, die längst
schon mit dem Markt kollaboriere, mit engagierter
Kunst, die das Brennen unter den Nägeln spüre, und
auch Gesundheitsversorgung würde angeboten für die,

die nicht mehr versichert sind, und es seien viele, die hier behandelt würden. Manchmal hatte Irene beim Skypen geredet, als probe sie für einen Auftritt vor Publikum, und nehme mit mir vorlieb, dem Landauer-Jüngelchen, dem Ghandi-Verschnitt, der alle Menschen täglich eine halbe Stunde spinnen lassen will, ja, so schätzte sie mich ein, sie machte kein Hehl daraus, und klar, das Leben auf dem Hof, die Kunst, die ich mache, sind verstiegen, pseudoanarchisch.

Wir üben uns im freien Miteinander, Georg, von dem du dauernd in der Zukunft sprichst, wir leben Solidarität, obwohl wir viele Feinde haben, Faschisten, Finanzhaie, Spekulanten, den Staat: seine Organe; sie dringen bewaffnet ein, zerstören die Stekia, lassen Demos eskalieren, erschießen Jugendliche, Alexandros war nicht der erste, aber damals ist der Funke übergesprungen, Hunderttausende sind auf die Straße gegangen. Es gibt ein Video von dieser Demo, in dem ich eine Brandflasche auf Polizisten werfe. Schau, Georg, erst laufe ich vermummt, dann bleibe ich stehen und hole aus vor den Polizisten in voller Montur.

✦

Schau, Papa, aus Silber, hatte Elena gesagt, als sie das kleine Buch vom Tresen hob, *bitte, Papa, bringen wir das Büchlein Maja mit, Maja freut sich sicher drüber, ja, wir bringen's Maja mit;* und Maja hatte die Überschriften der Kapitel buchstabiert, *was heißt Freiheit, Georg,* und ich hatte ihr das Wort erklärt und war glücklich gewesen.

Was ich besonders mag an Athen, Jakob, sind die Bäume,
überall Bäume, Elena, oft sind es Alleen und wenn die
Straßen schmal sind, berühren sich die Kronen fast,
und auf den Balkonen wachsen in Exarchia so viele
Stauden, dass sie wie Blumenbeete aussehen.

Ich setzte mich an ein Tischchen an der schmalen
Seite der Platía, wo Leute sich angeregt unterhielten.
Espresso s'il vous plaît, die Kellnerin schaute mich an,
grinste, sprach auf Französisch weiter, und ich hatte
Mühe mitzuhalten, *nein, ich komme aus Österreich,* auch
Deutsch könne sie, aber besser Französisch, sie studiere
Sprachen hier, *und du? Ich bin Künstler. Art de rue? No,*
artiste conceptuel, intéressent, sagte sie enttäuscht.

Über Fußball wurde am Nachbartisch geredet, mit
Verve und großen Gesten. Chromblitzend parkten zwei
Motorräder neben hoch gestapelten Bierkasten schräg
gegenüber; geflickt war der Asphalt, freundlich geflickt
war alles hier.

Studentinnen begannen aus Schragen und Platten
einen Tisch aufzubauen, auf den sie Bücher legten, die
sie in Bananenschachteln aus einem kleinen Lieferwagen hoben; dann wickelten sie zwei Transparente aus,
die sie hinter dem Tisch an Äste banden; Leute gingen
an ihnen vorüber, grüßten, bogen in den Park.

Die Kellnerin brachte den Kaffee im engen Kurzarm-
Shirt, das ihre Brüste betonte. Roller parkten neben
Motorrädern, zwei junge Männer nahmen die Helme ab,
schüttelten ihr Haar, überquerten mit den Helmen in
der Hand die Straße, setzten sich ans Tischchen außen

zu Bekannten. Fast alle Götter waren bi, hatte Konstantin gesagt, Osiris, Dionysos, Zeus, doch keiner war richtig schwul, es war ja ne heterosexuell-männliche Welt, in der man zeigte, dass man Eier hat.

Der Büchertisch war fast gedeckt, die Studentinnen verrückten die Stapel, diskutierten, lachten. Die Kellnerin trug ein Tablett mit Tassen ans äußere Tischchen zu den jungen Männern, die Konstantin gefallen würden, ich griff in die Tasche, holte ein paar Münzen heraus, die ich der Kellnerin grinsend in die Hand legte, als sie an mein Tischchen kam, ciao.

Das hat Irene verschwiegen, dass man hier auch Spaß haben kann. Ich blieb kurz am Büchertisch stehen - es gab nur ein paar Werke auf Englisch, *The Book of Merlyn* by T. H. White, *Change the world without taking power* by John Holloway, *A History of Greek Philosophy*, vol. I and II. Cambridge by W. K. C. Guthrie und *Handbook of Greek Philosophy* by Bakalis Nikolaos. *Lasse mich durch Exarchia treiben*, tippte ich ins Smartphone und schickte die Nachricht an Irene, *Exarchia ist ein anderer Stern*, tippte ich ins Smartphone und schickte die Nachricht an Konstantin. Es roch krautig-süß, junge Leute saßen rauchend auf der Bordsteinkante unter Palmen und Orangenbäumen. Irgendwo musste in Irenes Wut Stille sein, eine andere Logik oder keine Logik, ein Weiß, ein Weißchen, sonst hätte sie mich nicht so lieben können, meinen Körper. Oder sie hatte einfach Mitleid.

✦

An Bars und Restaurants ging ich vorüber, an parkenden Autos, ein Parkplatz wurde freigehalten durch ein schmales Hütchen neben einem Fleck, der in der Sonne schillerte, eine Reihe Fici in Plastiktöpfen dahinter und links ein Lokal mit Anarchistenfahnen und Lautsprechern auf den Balkonen; wie Nabelschnüre liefen Kabelstränge über die Fassade, ein Erker sprang vor, ein Vordach bildend über der metallenen Eingangstür, die dunkel war und rot gerahmt und rot auch der gemauerte Bogen über der Tür – und schwarz und rot das Schild, auf dem Tosonos stand.

Ich schob die Tür auf, ging in den ersten Stock und betrat einen Raum, den ich so nicht erwartet hätte. Bilder hingen an frisch geweißten Wänden: Köpfe, kaum auszunehmen in einem Dickicht aus Linien, vorne standen zwei Mikros auf einer Art Bühne; als wollten sie Räder schlagen, sprangen Sessellehnen in den Raum, ein Grüppchen Männer und Frauen stand an der Theke, ein Grüppchen saß um zwei Tische, relaxed sich unterhaltend – vielleicht machten die Höhe des Raumes und der Dielenboden alles so freundlich, vielleicht auch die Sessellehnen, oder es waren die Leute. Eine Heiterkeit wie anfangs auf dem Hof – *wir versuchen das andere Leben, jetzt, gemeinsam das andere Leben*. Es roch nach Essen, angenehm, als hätte man aufgekocht und danach gelüftet.

Ob ich nicht aufs Rooftop wolle bei diesem Wetter, fragte ein Riese in Schürze, oder willst du dich umschau'n, *the exhibition? the library?* oder suchst du die

Klassen, der Riese lachte, *there is a free lesson in Greek on the next floor and some guys make music*. *Thank you,* sagte ich und lächelte zurück, ging Richtung Tür, *there is a debate this evening on alternatives to capitalism,* rief mir der Mann nach, *thank you,* sagte ich über die Schulter und ging die Stiege hinauf, trat aufs Rooftop, trat aus einem Häuschen aufs Rooftop, setzte mich ans letzte freie Tischchen an der Brüstung. Als hätte jemand eines jener Lego-Häuser hergezaubert, die ich als Kind gebaut – der Vater hatte mir die Steine von seinen Reisen mitgebracht; Zirren am Himmel, *Luftquallen, Feenschleier, Fransenflosser* – ach, Jakob, ach, Elena. Ein Kraut war groß über die Stirn des Häuschens gemalt, Beifuß oder Goldrute, wechselständig die Blätter, ein Kraut in jedem Fall, das Bahn sich durch die kleinsten Ritzen bricht, man reißt es aus und es treibt aus, Beifuß statt Lilie, Goldrute statt blauer Blume, soll die Botschaft wohl heißen; von der Brüstung bröckelten Mauerstückchen ab, bildeten Flecken und Krater, Weißland. Vielleicht soll ich die Leute hier nach Irene fragen, wahrscheinlich kennt man sie, ich könnte ihnen Ermis beschreiben, the dog that goes along with her.

Zwei Frauen, ein Mann gingen in Saft am Nachbartisch, *neoliberalismós, kapitalismós*, die Frauen, der Mann lachten am Nachbartisch, dann winkte eine der Frauen, *you have to order inside,* ich winkte zurück, *thank you,* stand auf, begleitet vom Lachen der Frau, ein Kännchen Tee zu bestellen, wie die Frau es vor sich stehen hatte.

Bin im Tosonos, Irene, schau doch vorbei, jetzt oder am Abend, würde mich freuen, tippte ich ins Smartphone. Schön ihr Körper, schmal mit Knospenbrüsten, und das ne extra Landschaft war; wie Luftbeete schauten die Balkone aus gegenüber, viel Grün auch unten am Platz, ciao, riefen die Frauen, *there is a debate this evening, I know, will probably come.*

Hallo, Konstantin, bin im Tosonos in Exarchia, schau doch vorbei, jetzt oder am Abend, würde mich freuen, tippte ich ins Smartphone, und wusste, von wem ich Antwort kriegen würde – auch erwog ich, ein Zimmer in Exarchia zu nehmen und mit dem Riesen an der Theke über mein Losmaschinen-Projekt zu reden.

Mein Handy piepste, *komme gern, Tosonos 19.00 Uhr, Konstantin.*

Als würden wir uns aus einem andren Leben kennen, vielleicht wird Konstantin noch mal den Satz, dass Flügel wachsen, sagen. Und fragen, ob ich mit ihm kommen mag. Meine Sätze hatte ich an die Leine genommen, dass sie nicht Kräusel warfen, die in andere Kräusel liefen, Muster bildend, die obszön sich gegen die Bedeutungslinien richteten. Trotzdem war ich hart geworden und einen Schritt zurückgetreten, hatte die Hand gestreckt, Servus, Konstantin, ciao.

✦

Das Bändchen um Konstantins Hals sah ich, die Haare über dem Bändchen, die sich kräuselten und glatter

wurden nach oben hin, heller; die Härchen an Konstantins Armen kamen mir in den Sinn, und Konstantins
Finger, die über Dinge strichen, als kosten sie.

Tauben flogen auf und flatterten zu den Körnern,
die eine Rabenfrau mit steifen Fingern auf das Pflaster
streute. Geplustert wackelten die Tauben in den Mini-
park, den halben Hain, zurück, wackelten über grüne
Schnipsel, Kippen, Plastikteile.

Orangen lagen aufgebrochen auf der Erde, von Mücken belagert, das Anarchisten-A war rot und schwarz
auf Stämme gesprayt; ein Hund schlief inmitten der
Orangen in einer Kuhle, ein Tonschüsselchen neben
sich. Der Hund schaute Ermis ähnlich. Jetzt öffnete er
spaltbreit die Augen, ohne sich zu bewegen und spitzte
die Ohren, der Hund hatte helle Wimpern und dunkel
gezeichnete Lider, burgerfarben sein Fell, der Hund
hatte genug gesehen und legte den Kopf zurück in die
Kuhle, der Hund war bewegungstechnisch ein Wunder
an Ökonomie, und Ökonomie heißt Haushalten, Konstantin, heißt weg von dieser Optimierungsscheiße,
ja, Optimieren ist Scheiße, da kenn ich mich aus, Optimieren heißt mit der Lüge zu hausieren, man könne
auspressen, ausquetschen, was das Zeug hält, und nicht
und niemals halten kann.

✦

Free Hugs stand auf dem Transparent. Ich stellte mich
an, um mich umarmen zu lassen, ein Experiment, ob

mich so ne Umarmung kalt ließe, anrührte oder peinlich sei, zum linken mit dem Bartflaum stellte ich mich.

✦

Das Parlament lag im Sonnenlicht, als hätte es jemand
angeknipst für die Touristen, die aus zwei Bussen
stiegen, und das schöne Athen schön finden sollten,
my goodness, the cradle of democracy, und all die
historischen Bauten und Gastlich- und Gemütlich-
keit, SirtakiSouflakiSandalen, sogar die Sonne schien
für sie. Die Taxis fuhren langsam, als stünden sie auf
einem Förderband, das eben eingeschaltet wurde, bald
würden einander gemessenen Schrittes die Evzonen
in Röckchen und Schühchen samt Bommeln ablösen,
auch wegen des Spektakels warn die Busse hier.
    Vielleicht organisiert Irene eine Demo, vielleicht lässt
sie mich eine falsche Fährte legen für die Dienste, die
ihr auf den Fersen sind, vielleicht sitzt sie in Unter-
suchungshaft, vielleicht haben die Faschisten sie atta-
ckiert, ich musste in die Wohnung zurück, vielleicht hat
sie ne Nachricht für mich hinterlegt. Ich ging die Stufen
hinunter zum Syntagma-Platz und nahm die Straße, die
wie eine Bresche Richtung Monastiraki geschlagen war.
Es war die Straße meines Lieblingsgotts, der mir jetzt
Flügel lieh, damit ich meine Schritte leichter setzen
konnte. Keine Avenue war die Odos Ermou, die an Obe-
lisken vorbei um einen Triumphbogen führte und Platz
für Paraden böte, kein Protz sprang mich an, kleinteilig

alles, von den Bedingungen erzählend, die überall hier Armut hießen – wir brauchen Wohnraum, billig und schnell, *Athen hatte gerade mal viertausend Einwohner zu Beginn des 19. Jahrhunderts,* hatte Irene geschrieben, *ganz Griechenland war ausgequetscht von den Osmanen, ausgepresst über Jahrhunderte, und nur das heimlich beiseite Geräumte ließ überleben, footnote zur mangelnden Bereitschaft der inhabitants, Steuern zu zahlen, Georg, footnote zur prinzipiellen Widerständigkeit der Griechinnen, was nichts andres heißt, als dass hier Anarchismus einen ähnlich guten Boden wie in Spanien hat.*

Geschäft reihte an Geschäft sich unter Kolonnaden, Kioske wie Kartenhäuschen, und Bäume, Bäume, vielleicht waren Bäume die einzigen Verbündeten, die nicht Verbindlichkeiten schlagend werden ließen, vielleicht waren Bäume die einzig wahren Freunde dieser Stadt. Auch wenn hier alles brüchig war, taten diese Freunde, was sie immer taten und schlugen aus und blühten, warfen Blätter oder warfen keine Blätter ab.

Weniger Geschäfte hatten hier zugesperrt als am unteren Ende der Straße, weniger Obdachlose saßen unter den Kolonnaden, weniger Graffitis langten nach mir, als ich staunend Halt vor einem Kirchlein machte, das mitten auf der Straße stand als Stolperstein, ein Hindernis, das man belassen hatte, *sorry, wir begradigen hier nicht, wir gehen hier mal schön ums Kirchlein rum,* hier atmet Hermes durch, vielleicht auch die gebenedeite Jungfrau Maria, bevor sie Hand in Hand weiterziehen, beiläufig lächelnd Hermes, schüchtern die gebenedeite

Jungfrau, ungeübt noch in derlei repräsentativen Verpflichtungen, das Wort *Begradigungsverzicht* dabei repetierend, *Begradigungsverzicht, Begradigungsverzicht*. Ich musste lachen und Wikipedia fragen, was das wohl für ein Kirchlein sei, so mitten auf der Hermesstraße.

✦

Kein Salz. Und keine Spur. Versperrt die Tür zum Raum, der nicht betreten werden darf, sonst kommt Irene nimmermehr, bis sieben Jahr ins Land gegangen sind und ich im härenen Gewand ans Ende dieser Welt, vielleicht auch nur bis Feuerland, gesegelt bin. Reiß dich zusammen, ließ ich Konstantin sagen – und schaute in den Mülleimer, ob ich dort Salzkristalle finde, in den Staubsauger, ins Spülbecken, um die Klomuschel, in die Blumentöpfe. Nichts, nur das Bild *ich selbst bin anarchist, aber von einer anderen art* lehnte weiter links an der Wand.

Auf jeden Fall war jemand, SIE wahrscheinlich, sicher SIE, IRENE, hier und hat das Salz, war, heißa, hier, hat's aufgekehrt, entfernt, und unversehrt, BIST UNVERSEHRT, das Salz ins Klo gespült, mitgenommen, eingesperrt, egal, ich drehte Musik auf und tanzte, die Arme winkelnd, die Arme hebend, mich um die eigene Achse drehend, die Füße zur Seite stellend im Rhythmus griechischer Schlagermusik, tanzte, sofern man dieses Hopsen, Drehen Tanzen nennen kann, wehrte mich nicht wie auf dem Ginthof, danke, will nicht, danke, keine Lust, beließ es nicht beim Wunsch, wie auf der Feier meines *glänzenden Studien-Abschlusses*, als ich mit Christine, den Eltern, Schwiegereltern, einer Handvoll Freunden um den Tisch beim Heurigen gesessen war und liebend gerne hätte tanzen wollen, tanzte einfach.

Aus dem Kühlschrank nahm ich Retsina und trank, die Fröhlichkeit ein Flaum-, ein Lachtier war, ein Herzgespinst, das über meinen Kopf und meinen Schultern lag, ein Jetztchen, Lüftchen, das erneut mich tanzen ließ, als springe da ein Weidetier und wie in Trance und Konstantin und ich, *und Konstantin und ich,* wir flogen aufeinander zu; umarmte ich Konstantin, flog: trat zurück und schauten wir einander an, umarmte ich Konstantin, flog: trat zurück und Konstantin kriegt' lange Augen – auf Schlangen, Stangen saßen sie –, vielleicht auch warfen wir einander unsre Herzen zu, ganz da war ich und ausradiert, hinausradiert ins All auf einem Superschlitten, ausge-x-t, gelöscht, war herzhoch Raum und Anfangs-Ich und Konstantin mich küsste, und wuchs der Raum, dass ich gut Atem hatte, andre Beine, Sidestep, Sidestep, ich winkelte die Arme, hob sie, drehte mich und drehte mich, ein Tier erwachte, und wars nicht dieses Vögelein, das wegfliegt, wars ein Pelz-, ein Murmeltier, das sich vom Herzen in den Bauch bewegte, drehte ich mich, drehte ich mich und atmete durch meinen Bauch und atmete in meine Scham, winkelte die Arme, hob sie, Sidestep, Sidestep. Streng standen Mutter, Vater da, die Hitze hältst du aus, und lauf und lauf doch, kein Schmutz, musst gut, musst gut, musst auf der Hut sein.

Ich drehte mich und drehte mich, Sidestep, Sidestep, sah, weil ich vom Pelztier jetzt die Augen hatte: Ist da nicht Dreck im Stall, im All, am Schwanz im Fall des Falls, ist da nicht Dreck, wenn Konstantin mich leckt und war das Pelztier jetzt im Schwanz und steif und überall im Leib und wollte, dass ich es raus und in die Hand. Ich stöhnte auf, ging in die Knie, und war das schon ein starkes Stück.

Ich holte Klopapier.

✧

Ich duschte, zog frische Unterhosen, frische Socken und ein frisches T-Shirt an und setzte mich auf den Balkon, so ein Body jetzt im leichten Wind. Die Füße legte ich aufs Tischchen, verrückt das Ganze, immer schon verrückt gewesen. *Konstantin wird mich berühren,* und türmte sich ne Wolke von der Sonne angestrahlt am Horizont wie eine Riesenmitra, du weißt schon, Jakob, so ne Mütze, wie der Nikolaus sie trägt. Gilt nicht, Papa, du weißt ja, dass nur Tiere gelten, okay, dann sagen wir halt Murmel, sagen wir zur Himmelsmitra Riesenmurmeltier. Der Mann im Unterhemd gegenüber hängte Socken, Unterhosen, Shirts und Tücher an zwei Leinen auf, dem Mann rutschte, als er es an die Leine kluppen wollte, ein T-Shirt aus der Hand und segelte, fiel zu Boden, und könnte es der Mann selbst sein, der stürzt – wenn es der Mann nur holt: wenn er das T-Shirt holt, ist's nicht so schlimm, vielleicht hat er ganz einfach frei, vielleicht ist er nicht arbeitslos, vielleicht pfeift er nicht aus dem letzten Loch. Ohne Regung hängte der Mann die Wäsche weiter auf, dann steckte er sich eine Zigarette an und starrte zum weißen Fleck hinunter.

KLAUS

Ich war der Loser unter den Losern

● Ich besuchte Tamara, neben der ich in der Kirche stand, Tamara Lutschonik, die zu Haus laut mit den Engeln sprach und in der Kirche still betete; *arme Seele,* sagte die Tamara zu mir, *arme Seele, arme Seele.*

Die fiebrig wiederholten Wörter setzten ein Erschrecken in Gang, *warum bin ich eine arme Seele, Tamara; frag den Engel,* sagte Tamara; *ich kann den Engel nicht fragen,* sagte ich, *dann halts Maul, halts Maul, Saulus.*

Manchmal schwiegen die Engel und ich ging Tamara zur Hand (ölte das Schloss an der Werkstatttür oder ging mit dem Steßl gegen die Verstopfung vor) und sie gab mir Most, den ich auf der Bank vor dem Haus trank.

Arme Seele, arme Seele, das Erschrecken blieb in mir, das Erschrecken deutete auf etwas, das ich nicht verstand; um wie viel weniger hätte mich *armes Schwein,* berührt, *armes Schwein, armes Schwein, Klaus.*

Keine der Frauen, mit denen ich geschlechtlich verkehrte, nannte mich arme Seele, die Frauen gaben mir

Namen, die meinen Körper ernst nahmen, Schlawiner, Verführer, Filou.

Statt Wolllust bot ich den Frauen Eleganz, Eleganz, die verschwiegen war und diskret über die Mängel an den Körpern hinwegzusehen vorgab.

Ich hatte ein Häuschen an der Friedhofsmauer adaptiert, das man im Zuge eines Friedhofsbesuchs aufsuchen konnte, ohne dass in frommen Herzen Misstrauen aufkeimen musste (üppig gediehen auf den Gräbern die Blumen, die zwei Mal die Woche gedüngt und gegossen wurden).

Vielleicht wurde das Liebesnest am Friedhof so eifrig genutzt, weil es halb auf geweihtem Boden lag.

Der Herr Pfarrer verdammte die verkehrenden Körper nicht, weil er selbst ein Verkehrender war, was ich durch Zufall im Zuge eines Besuchs bei der Keuschnwirtin feststellen konnte (was einerseits stach, andererseits einem, sagen wir, vom Himmel gesandten Atout gleichkam).

Es war eine stille Vereinbarung, die wir, der Herr Pfarrer, die Keuschnwirtin und ich, auf der Schwelle zur keuschnwirtlichen Wohnung trafen, wir würden einander in Ruhe, *in Kraut,* sagte der Herr Pfarrer, lassen (ein Pakt, der die Zerrüttung hintanhielt für einige Zeit).

Auch unter den Kommunarden begann sich das Rad des Begehrens zu drehen (Dieter verliebte sich in Mira und Mira in Dieter, Christine und Georg entliebten sich, Theresa begehrte Peter, den sie Schamane nannten, und Peter begehrte Theresa nicht).

Der Petermichl, unser Nachbar, verliebte sich in Anna, was guten Geschmack bewies, Anna war attraktiv und partnerlos (doch verehrte der Petermichl Anna eher, als dass er um sie warb, was ihm den Charme eines Don Quichotte verlieh), Anna aber verliebte sich in den Keuschnwirt.

Der Petermichl war kein Blitzgneißer, aber er war der Einzige, der in seiner Versehrtheit unsere Versehrtheit einigermaßen verstand.

Ich weiß nicht, ob es Tamaras Irrlichtern, der Verkehr mit den Frauen, das Schauen des Petermichl, der Gang mit Maja zum Postkasten war, ich bekam Sehnsucht nach meiner Seele.

Die Seele, nach der ich mich sehnte, war nicht die Psyche, die von Therapeuten gehätschelt wird, die Seele, nach der ich mich sehnte, war ein Relikt aus der Vorzeit und zielte auf etwas, das ich überwunden geglaubt hatte.

Eleganz liegt an der Disziplin, ich hatte bislang nur mit schönen Körpern verkehrt und musste nun hängende und quellende Formen integrieren, ohne der Eleganz und eines Mindestmaßes an Lust verlustig zu gehen.

Es war ein Geben und Nehmen, das sich einzuspielen begann, vielleicht gab ich mehr als ich nahm, es war das erste Mal, dass dies nicht auszuschließen war.

Als hätte er den Strick nicht nur für sich genommen, hing der Petermichl im Baum oben, in seinen guten Schuhen hing der Petermichl aus der Krone, im Sonntagsanzug, den Kopf nach vorne geneigt.

Vielleicht war das Entsetzen gar nicht Entsetzen, sondern Erschaudern vor etwas Großem, ein alles umfassender Ernst.

Wir saßen eine Zeit lang unterm Petermichl, bevor wir die Leute im Dorf verständigten und der Petermichl, der still im Baum über mir hing, berührte mich wie nichts zuvor in meinem Leben.

Ich ging durchs Dorf und schaute in die Gärten der Frauen, mit denen ich verkehrte, betrachtete die Blumen, die sie zogen (die tränenden Herzen, die Lilien und Tulpen am Rand der Beete, die Pelargonien und Petunien in den Kunststoff-Kistchen).

Der Blick in die Gärten stärkte mich, nur manchmal, wenn mir Max' Gesicht einfiel, musste ich mich an den Zaunlatten festhalten, bis sich mir Atem-Schlitze öffneten.

Oft rief das Irrlichtern Tamaras das Bild des im Baum hängenden Petermichl, als hätte es einen ähnlichen Geschmack, eine ähnliche Farbe, was weiß ich.

Sechs Stunden müsse ich mitarbeiten, die Brüder und Schwestern hielten mir die Vereinbarung hin und raschelten mit Konsequenzen, *sorry,* sagte ich, ich hätte noch nicht gelernt, mir über den Weg zu trauen als manuell Arbeitender.

Ich fragte nicht, ob das Andere, das die Brüder und Schwestern in den Bäumen und im Hundefell suchten, mit der Seele, nach der ich mich sehnte, zu tun hatte – immer wiederkehrende Scheu.

Die wehrhaften Christenmenschen begannen die Tante des Petermichl zu umgarnen, weil der Petermichl der einzige Erbe gewesen und Erben ein Leib-Thema der wehrhaften Christenmenschen war.

Ich begann das Glaubensbekenntnis mitzusprechen, in dem jeder Satz meinen Verstand beleidigte, *jump, Jesus,* dachte ich und Jesus sprang nicht und es sprang nichts auf in mir.

Der Herr Pfarrer, der mit der Keuschnwirtin verkehrte,

nahm die Wandlung vor und forderte die wehrhaften Christen auf, vom Fleisch ihres Herrn zu essen und von seinem Blut zu trinken (was manche so ergriff, dass sie die gefalteten Hände an die Brust hoben).

Täglich mussten drei von uns Kommunarden zur Petermichl gehen, um nach dem Tod ihres Neffen auf ihrem Hof Hand anzulegen, ein Engagement, das alle bis auf mich guthießen.

Die Unleidlichkeit der Petermichl schien wie der aufgesperrte Schnabel eines Jungvogels auf die Brüder und Schwestern zu wirken, sie mussten der armen Haut im Rollstuhl einfach Gutes tun.

Die Fichten bewegten sich wie Dramaqueens, *schau,* sagten die Brüder und Schwestern, *Windbraut,* sagten die Brüder und Schwestern, *Kauz,* sagten sie zu mir.

Ich müsse lernen abgestürzt einzustehen, ohne andauernd die Sturzhöhe zu vermessen, sagten die Brüder und Schwestern, als wir unterm Lindenbaum saßen, was ich mit Schweigen quittierte.

Wäre der Abstand zwischen mir und den Brüdern und Schwestern geringer, wenn ich mich zu meiner Schuld bekennen würde? – das dachte ich manchmal, wenn wir zusammensaßen; dann musste ich rennen, bis ich nur noch Erschöpfung spürte.

Auch wenn die Brüder und Schwestern den Platz unterm Lindenbaum als Kraftort bezeichneten, blieb mir die Energie, die sie beschrieben, verborgen (vielleicht aktivierten die herzförmigen Blätter und der süßliche Geruch ihre Neurotransmitter stärker als meine).

Die Frauen, mit denen ich verkehrte, hatten Erwartungshaltungen, die mir entgegenkamen, sie wollten besseren Sex als mit ihren Männern zuhause, denen sie jedoch, dem lieben Christengott sei Dank, verbunden bleiben wollten über den Tod hinaus.

Man vertraue mir den Weidezaun an, sagten die Brüder und Schwestern, was der Aufforderung gleichkam, die Zäune zu erneuern, ein Ansinnen, das hübsche Diskussionen unters Blattdach rief.

Mein Kampf für die Motorsäge zahlte sich aus – die reinigende Kraft der Hand-Zugsäge blieb mir, sorry, verborgen –, fürs Zuspitzen der Zaunstipfel versprach ich jedoch die Hacke zu nehmen, das war der Deal.

Die Frauen, mit denen ich verkehrte, waren beherzter, als ich gedacht hatte, was mich zum Schluss kommen ließ, die Qualität der Arbeit beeinflusse die Libido, nicht so sehr im Kreativen, wohl aber im Energetischen.

Die Arbeit mit der Motorsäge machte einen Höllenlärm und stellte eine Gefahr für den inneren Frieden der

Kommunarden und Kommunardinnen dar.

Die arbeitsabhänge Libido-These verwarf ich später, weil sie das libidinöse Potential der wehrhaften Christenmänner zu groß dimensionierte.

Pfahl für Pfahl stellte ich auf den Hackstock und spitzte ihn zu, bis meine Hände schrundig wurden und Blasen warfen, die ich mit Pflastern überklebte, was die Frauen, mit denen ich verkehrte, seltsam erotisch fanden.

Hätte mich mein Vater in dieser Lage gesehen, hätte er gefragt, ob ich ein Cruising-Permit fürs Mittelalter habe oder ob ich eine Gastlandflagge für Schwachsinnien brauche, ach, Alter, irgendwas Zynisches halt, dafür hast du eine echte Begabung.

Statt eines motorbetriebenen Erdbohrgeräts besorgten die Brüder und Schwestern einen Handerdbohrer, wohl damit ich nicht nur beim Zuspitzen, sondern auch beim Setzen der Pfähle leichter in die Vormoderne switchen konnte.

Wie die Narben an den vergessenen Stellen wieder hervorkamen, ich musste mich aus dem Fenster lehnen, wie damals, als ich mit meiner Mutter fliegen wollte, dann ist meine Mutter ausgezogen und ich hab sie nicht mehr an der Hand nehmen und mir das vorstellen müssen.

Fest stand, ich würde einen Zaun bauen, der beim Aufstellen schon zu morschen begann, was die wehrhaften
Christenmänner mitleidig lächeln ließ.

Die wehrhaften Christenmänner liebten es, sich beim
Keuschnwirt über Zäune zu unterhalten, ein pragma-
tischer Austausch fast ohne ideologische Anmutung
(für die sorgten die Brüder und Schwestern wie besser-
wisserische Onkeln und Tanten).

In Ritualen würde vieles, das unsichtbar oder von einer Feinheit ist, die nicht darstellbar sei, symbolisiert,
sagten die Brüder und Schwestern, und ich sagte, in
Ritualen beginne man sich vieles einzubilden, wenn
man sie oft genug praktiziere.

Die Spitze der Pfähle hackte ich, wie die wehrhaften
Christenmänner geraten hatten, *doppelt so lang wie die
Pfosten stark waren* (ihre Sprache war umständlicher als
meine Sprache, vielleicht waren ihre Synapsen anders
verknüpft als meine Synapsen).

Wir Brüder und Schwestern bewegten uns in unterschiedlichen Verrenkungen – wir alle hatten Blessuren.

Die Brüder und Schwestern liebten es, ihr Scheitern
als Widerstand gegen den Neoliberalismus darzustel-
len, nur ich konnte das nicht, ich war der Loser unter
den Losern, der die Gier schlicht überzogen hatte und

auch jetzt nicht einstimmen wollte in das Lob der Bescheidenheit.

Ich war dankbar, dass ich Tamara besuchen durfte, auch deshalb, weil der Besuch einem Engagement entsprach, das ich zu wenig – so ritzten es mir die Brüder und Schwestern empathisch ins Herzelein – an den Kommunen-Tag legte.

Der Besuch bei Tamara und das Treffen mit den Frauen ließen sich gut vereinbaren, keiner der Ginthofleute musste sich Sorgen um meine Entwicklung machen.

Manchmal dachte ich, die Kommune würde sich zu einer Widerstands-Heilsgemeinschaft entwickeln, die auf Gedankenübertragung, parapsychologischen Phänomenen, morphogenetischen Feldern und ähnlichem Kram beruht.

Die wehrhaften Christenfrauen brachten Sachen (wie sie es nannten) mit, Umschnalldildos, Bondage-Sets, Penisringe, Spielzeug, das mich einerseits rührte und stimulierte, andererseits ein nicht zu unterschätzendes Gefahrenpotential darstellte.

Die wehrhaften Christenmänner würden einen Kreuzzug vom Gartenzaun brechen, bekämen sie Wind vom Engagement ihrer Frauen.

Auch wurden die Frauen liebesklug und kamen mit Vorschlägen, die zu unterbreiten ich nicht gewagt hätte – und tatsächlich zeigten gerade die harten Nummern reinigende Wirkung.

Ich versuchte den Frauen zu vermitteln, dass sie ihren Männern nur langsam und mit Taktgefühl neue Wege öffnen dürften, andernfalls würden sie sich überfordert fühlen und Verdacht schöpfen.

Schnur, Handerdbohrer, Besenstiel, Holzhammer, Schaufel und einige der von mir zugespitzten Pfähle legte ich in die Schubkarre und quälte mich täglich den Schotter- und weiter den Waldweg zur obersten (so sagten wir) Weide hoch.

Maja und die Zwillinge begleiteten mich, auch quälte ich mich nicht, ich strengte mich an – vielleicht war das der Punkt, an dem ich das Glück des Sisyphos zu ahnen begann.

Die wehrhaften Christenmänner hatten geraten, die Pfähle so tief in den Grund zu schlagen, dass die Schäfte mindestens 15 Zentimeter plus der Spitzenlänge im Erdreich steckten, was ich beherzigen wollte, dort aber, wo der Boden felsig wurde, bald verwarf.

Ich war gern mit den Kindern, sie fragten ohne erhobenen Zeigefinger und ohne empathisches Getue. *Musst*

du ins Gefängnis, Klaus? Warum gehst du zum Gottes-
dienst, wenn du ihn Hokuspokus nennst? Warum ist dein
Penis so groß und der von Georg so klein?

Die Kinder spannten die Schnur und ich markierte die
Stellen, an denen ich die Löcher bohren würde, ich,
Klaus Kienast, der sich nicht mal wegwünschen konnte,
weil er nicht wusste, wohin.

Die Brüder und Schwestern begriffen nicht, dass die
Besuche bei der Petermichl die Ablehnung der wehrhaften Christenmenschen in Hass verwandeln würde,
sie waren töricht geworden in ihren Seelen- und Welt-
rettungs-Versuchen.

Die Petermichl, die auch von den erbwilligen Bauern
reichlich Besuch bekam, war eine Tauschzentrale für
bösen Tratsch und Verunglimpfungen aller Art, was die
Herzensbildungs-Ambitionen der Brüder und Schwestern noch weiter befeuerte.

Die Petermichl begann Mira zu lieben wie eine Tochter,
an deren Hand sie sich klammerte wie an einen Halm,
der sie am Leben halten sollte.

Die Liebe der Petermichl steigerte sich ins Irrationale,
als Mira erkrankte und sich einer Operation unterzie-
hen musste – sie fühle sich der Zarten, wie sie Mira
nannte, fast so verbunden wie der Jungfrau Maria.

Die Brüder und Schwestern sangen Lieder für die Petermichl, die die wehrhaften Christenmenschen und den lieben Herrn Pfarrer auf die Palme (den Palmbuschen) brachten.

Ich konnte die Brüder und Schwestern, wenn sie um die Petermichl saßen und sangen, nicht nur lächerlich finden, zu viel floss zur Petermichl hin und von der Petermichl zurück, zu viel, das ich nicht benennen konnte.

Oft tauschte ich mich in Gedanken mit dem Petermichl aus, als sei er mein Ahne – auf bestimmte Weise fühlte ich mich von ihm adoptiert, nicht nur wegen des Stricks.

Als die Petermichl, seine Tante, starb, verspürte ich kein Erschrecken oder Erschaudern, ich hörte nur deutlich, dass sie nicht ausatmete, als verbleibe der Atem in ihr.

Ich beneidete die wehrhaften Christenmenschen, weil sie der Petermichl so selbstverständlich ein gutes Heimgehen wünschten, als gäbe es ein Jenseits, das verbrieft und bewiesen sei.

Die Petermichl hatte Mira als Alleinerbin eingesetzt, was Hass auf die Kirchen- und die Wirtshausschwelle rief, eingeschleimt hätten wir uns, falsch wie Schlangen seien wir, auch würde uns der Herrgott eine Strafe senden.

Die Frauen hielten ihren fuchsteufelswilden Männern die Stange, was das Häuschen an der Friedhofsmauer verwaisen und die Blumen auf den Gräbern weniger üppig gedeihen ließ.

Ich steckte die Umschnalldildos, Bondage-Sets, Penisringe, Liebeskugeln, Augenmasken in einen Sack und vergrub ihn im Wald, was ambivalente Gefühle hochkommen ließ (einerseits nahm ich Abschied, andererseits war ich erleichtert, weil mir die Sache über den Kopf gewachsen war).

Meistens waren es Geräusche: Traktorengeräusche, Rascheln, Vogelgezwitscher, die mich zum Bleiben überredeten, oder es war einfach mein Lebenstrieb, der den Geräuschen diese Bedeutung zuschrieb.

Die Kinder der erbwilligen Bauern riefen Elena, Jakob und Maja *Erbschleicher, Erbschleicher* nach und schnitten sie, wenn sie mit ihnen reden wollten.

Es gibt keinen günstigen Wind für den, der nicht weiß, in welche Richtung er segeln will, würde mein Vater sagen – und ich müsste ihm Recht geben.

Tamaras Engel wandten sich gegen mich, was mir näher ging als der Rückzug der Frauen, *verschwinde, Saulus, verschwinde*.

Ich weiß nicht, wie mein Vater an meine Adresse gekommen war, jedenfalls teilte er mir mit, dass er eine
Weltumsegelung plane und ein Testament beim Notar
hinterlegt habe, um sicher zu gehen, dass mir nicht
mehr als das Pflichterbteil zukäme im Fall des Falles.

ANNA

Angst

Ich würde eine Zeit lang in Majas Stadt leben. Heimatstadt kann man nicht sagen. Liza hatte mir ein Guesthouse im Nordosten Kathmandus empfohlen und mich dorthin begleitet. Jeden Tag wagte ich mich weiter, auch in die ärmeren Viertel. Gestank lag dort über Dreckhaufen, Gossen und Rinnsalen, wurde von Böen durch die Gassen getragen, Bettlerinnen saßen auf Stufen im Schatten und auf Plastiksäcken unter Banyanbäumen, Bettler lagen zwischen Müll auf Brachen oder lehnten, halboffen die Augen, an Wänden, hielten die Hand nur halbherzig auf. Händlerinnen saßen müde vor der ausgelegten Ware, schauten den Touristen zu, wie sie Statuen, Sandalen, Stoffe, Töpfe, Schüsseln, Schalen, Ketten, Ringe, Steine in die Hand nahmen und zurücklegten, betrachteten die fremden Vögel, die sie ziehen ließen in der Hitze, ohne ihnen ein Federchen auszurupfen. Mönche saßen auf Matten aus Bast, trugen braunrote Kleider, deren Ende sie um ihren Kopf geschlagen hatten, wippten nach vor und zurück, lasen Gebete von schmalen Streifen ab. Tische voller Butterlampen standen neben den Mönchen; die Butter in den Lampenschalen war flüssig, wie

127

eingelegte Maden schwammen Dochtstückchen darin. Die Hüterinnen der Lampen, die mir jeden Tag einen Span zum Anzünden reichten, kauerten im Staub neben den Tischen. Ich starrte in die Flämmchen, Maja, Maja. War innen wund vor Trauer. Und überall Kinder, um die Händler- und Hüterinnen, zwischen den Bettlerinnen, Kinder, die an der Brust tranken, neben den Frauen kauerten, Steinchen in den Sand legten, von einer Frau zur anderen liefen, Kinder, die Stöße von Flipflops bewachten.

Die Armut, sorry, ist strukturimmanent, sagte ich zum Mann dann am Abend. Der Mann, der einen Kittel aus Leinen trug, bewohnte im Guesthouse das Zimmer neben mir. *Die Armut,* sagte ich, *ist durch Kolonialismus und Neoliberalismus verschuldet, das Verarmen. Und von der karmischen Lehre legitimiert, die karmische Lehre,* sagte ich, *ist eine Legitimierungsmaschine: Nicht großzügig genug gewesen in den vergangenen Leben, lieber Slumbewohner, liebe Slumbewohnerin, zu geizig gewesen, lieber Bettler, liebe Bettlerin, die karmische Deutung spart eine Menge Geld, keine teuren Sozialprogramme vonnöten, wo doch jeder für seine Misere verantwortlich ist.*

Blaue Augen hatte der Mann, stecknadelklein seine Pupillen, auf einem Rooftop saß ich ihm gegenüber, nahm die irdenen Blumentöpfe hinter ihm in den Blick, die mäandernden Muster, die Löwenmäulchen, gelb und dunkelrot, schaute in den Himmel, Wolken jagte der Wind. *Wie Krapfen,* hätte ich zu Maja gesagt. Dass die Wolken wie Krapfen aussähen.

Der Mann fing meine Hand und hielt sie ein paar
Augenblicke lang, ich missdeute das ganze bitte gehörig.
Nicht denkbar ohne Mitgefühl sei die karmische Lehre,
not without compassion, never. Ich stand auf, ging zur
Brüstung: Auf der Terrasse gegenüber kämmte eine
Frau ihr Haar, lagen Rettich und Kräuter zum Trocknen
in Körben; auf der Straße unten fuhren Autos, hupten
und wichen auf Zentimeter aus, fuhren über Schlaglöcher, vorbei an der Baugrube, vorbei an Dreckhaufen,
vorbei an ausgelegter Ware.

Der Kellner brachte Reis und Currys, wir setzten
uns. Er habe früh Zuflucht genommen, er sei auf dem
Weg, sagte der Mann und hob seinen Teller, murmelte
ein Gebet und stellte den Teller auf den Tisch zurück;
dann schwieg er und aß. Ich kaute langsam und nickte
den Leuten, die am Tisch neben uns Platz nahmen, zu,
die Leute nickten zurück. Ich spürte den Wind, der an
den Pflanzen zerrte und die dünnen Servietten kurz
aufhob und fallen ließ.

Are you peaceful, fragte der Mann und schaute mich
an. Ich zuckte die Achseln und Tränen stiegen über
den Lidrand. *Ja,* sagte ich, *nein. Mein Kind ist gestorben,
Maja. Maja war von hier.*

Ich schaute auf den Kittel vom Mann, schaute auf
die Löwenmäulchen hinter ihm, aufs Basilikum. Wund
war mein Herz, ein wundes Vögelchen, das schwebte
und Wärme spürte vom Herz-Vögelchen auf der anderen Seite des Tisches. Das Herzvögelchen diesseits des
Tisches und das Herzvögelchen jenseits des Tisches

streiften einander für einen Moment. Der Mann gegenüber trank das Wasserglas leer, hielt das leere Glas in der
Hand, richtete den Blick auf mich. Wie es gestorben sei,
mein Kind. *Maja ist ihrem Vater ins Auto gerannt.* Die
Glieder wurden mir schwer, mein Körper. Als könne ich
nie mehr aufstehen, als müsse ich sitzen bleiben. Wie
mein Mann denn heiße. Herbert. Ob wir für Herbert
Butterlampen anzünden wollten, fragte der Mann. Warum für Herbert? Warum nicht für Maja? *Dein Mann
braucht Butterlampen, nicht dein Kind.*

Der Mann stand auf, strich den Kittel glatt, ging
hinaus, ich blieb mit meinen schweren Gliedern. Als
der Kellner die Rechnung brachte, kehrte der Mann
zurück, hob den Kittel, zog die Börse aus der Hosentasche, zahlte.

Was ich vorhabe. Ich zuckte die Schulter, müde sei
ich, sehr müde. Ob er mich auf einen Kaffee im Guesthouse einladen dürfe, er habe im Gepäck welchen;
kein Strom im Land zwischen vierzehn und achtzehn
Uhr dreißig und also keine Espressomaschine, er habe
den Aushang am Eingang gelesen.

Er redete so praktisch, er redete, als ob es nur hier
und jetzt gäbe, ja, sagte ich und er legte mir die Hand
auf die Schulter. Ein Therapeutikum war seine Hand
und nahm so viel von der Schwere, dass ich aufstehen
und ins Guesthouse gehen konnte.

✦

Zwei irdene Becher, einen Löffel, Zucker, Kaffeepulver legte der Mann auf die Balustrade. Ich stellte mich zum Löffel, zu den Bechern, zum Zucker, zum Pulver, auf dass sie mich schützten mögen. Er ging in die Küche, *Staff only* stand auf der Tür, *boiled water*, hörte ich ihn sagen, *he'd need boiled water please,* verquer: seine Bestimmtheit und Unbekümmertheit, als lebe er im Paradiesgärtlein, im Wolf-, im Walfischbauch oder auf einem anderen Stern und schaute kurz vorbei in dieser Welt und bringe Chuzpe mit. Und Wasser und anderen Atem: Wir saßen nebeneinander und schauten über die Balustrade in den azurblauen Himmel, am Horizont Wolken, die sich auftürmten, goldfarben die geschweiften Pagoden des angrenzenden Klosters, an der Ecke ein Speier, Rüsseltier mit Federkranz und Raubtierzähnen und über dem aufgerissenen Maul dachmittig das Dharma-Rad zwischen Gazellen.

Are you peaceful, fragte der Mann, und ich schaute auf das Rad und den Vorhang, der im Wind flatterte und, als der Wind nachließ, ohne Schwere um die Traufe fächelte. Warum er auf dieser Frage bestehe.

Weil nur ein friedlicher Geist erkennen könne, dass alles Illusion sei, sagte der Mann und schaute über die Balustrade, auch wuchs er ein wenig, seine Stimme wurde leiser, erinnerte an die Stimme vom Therapeuten zuhause.

Das Ego sei der größte Gaukler, das Ego sei der größte Illusionserzeuger. Immer der gleiche Trick: Das Ego mache uns glauben, die Dinge hätten Substanz, die

Dinge hätten Dauer, die Dinge existierten unabhängig. Die Dinge aber haben nicht Substanz, die Dinge haben nicht Dauer, die Dinge existieren nicht unabhängig, deshalb das Leiden: weil wir von dieser Vorstellung so schwer lassen können.

Wut stieg in mir hoch, begann am Hals zu blühen. Real erschien mir alles, hyperreal: der Mann im Kittel, die Pagoden über den Klostermauern, das Dharma-Rad zwischen den Gazellen, der Becher in meiner Hand. Ich hätte ihn schlagen können, ja, ich hatte die Botschaft verstanden, ich litt, weil ich mich verblendet an eine Illusion klammerte, ich war ja nicht grenzdebil. Ich fing zu lachen an, ich lachte schrill. Ob er schon Guru sei oder sich gerade um diesen Status bemühe. Ich stand auf, stellte den halbvollen Becher auf die Balustrade und ging in mein Zimmer, verschloss die Tür, legte mich aufs Bett und weinte, soll er es hören, sollen alle es hören, es war mir egal, weinte, bis ich Maja mit dem Hund vom Petermichl spielen sah, weinte, bis Maja Herberts Briefe als Schatz vom Postkasten die Straße hinuntertrug und andächtig aufriss und las; Herbert sah ich an seinem riesigen Schreibtisch vor dem hochgefahrenen PC zwischen Telefonaten mit einer Füllfeder einen Brief an Maja schreiben; Herbert sah ich den PC herunterfahren, das Telefon ausschalten und noch einen Brief an Maja schreiben, blass im Gesicht, fahl; Maja sah ich in einem wackeligen Liegestuhl Späßchen machen, umfallen und lachen; mich sah ich den Liegestuhl wieder aufstellen für Maja.

Den Mann im Kittel sah ich ohne Augen, die Haut zusammengenäht über den Höhlen; ich stand neben ihm mit Messer und Gabel.

✦

Es klopfte an der Tür, ob ich mitkommen wolle, fragte der Mann, er gehe spazieren.

Ich wusch mein Gesicht, zog mir ein Shirt, einen langen Rock an, bürstete meine Haare. Wie gern mich Maja frisiert, mit dem Kamm einen Scheitel gezogen hatte. Maja hatte dabei hörbar geatmet. Erst hatte Maja den Scheitel gerade gezogen, dann im Zickzack, *Mama, ich muss dir den Scheitel so machen, wie ihn die Werklehrerin hat.*

Ich öffnete die Tür und sah den Rücken des Mannes, sah seine hellbraunen Haare. Er drehte sich, schaute mich an, drehte sich weg, schaute über die Balustrade, ich sperrte die Tür ab.

Am Treppenabsatz blieb ich vor dem Fenster stehen, um den Kindern zuzuschauen, wie sie über den Hof liefen, vor der Schule die Schuhe abstreiften, über die Stufen sprangen und hinter der Türe verschwanden. Ich spürte den Mann hinter mir, warm, als er an mir vorüberging. Dann kam Maja, als hätten die Kinder sie gerufen; ich strich ihr übers Haar und ließ meine Hand einen Moment lang verstohlen dort liegen, die Flipflops, Crocs und Turnschuhe lagen durcheinander vor den Stufen, ciao, sagte ich leise, ging die Stiege hinunter, nickte dem Mann an der Rezeption zu, der unter Fotos vom Durbar Square gähnte.

Ich trat durch den Garten zwischen mehrstöckigen Häusern auf die unbefestigte Straße, Bananenschalen, Hundescheiße, Plastiksäcke, trockene Erde, zerfetzte Schuhsohlen, Steine. Der Mann im Kittel sprach mit einer Bettlerin, die im Sari mit einem Baby an der Ecke stand. Lächerliche Sonnenbrillen trug er, Sonnenbrillen mit Vordach über dem oberen Rand. Ihr Baby hielt sie im linken Arm und reckte den rechten hoch mit einem Fläschchen in der Hand, rief fröhlich, wie eine Schauspielerin, die ihre Rolle schlecht spielt, *milk please, milk for my baby, please. Perfect*, sagte der Mann im Kittel, *it's much better now*. Das Baby schaute die Sonnenbrillen, dann seine Mutter an, die aussah wie eine Prinzessin, von einem Bannspruch aus Bollywood hierher in den Dreck gezaubert. *Bye, bye,* sagte der Mann im Kittel zur Bettlerin und berührte mich am Arm; nebeneinander gingen wir die Straße hoch.

Reisfelder lagen zwischen Häusern, die nur zur Straße hin verputzt waren, Bewehrungsstäbe ragten aus den Dächern, Plastikfolien flatterten zwischen Öffnungen, durch die Kinder ein- und ausrannten, Kinder mit schwarzen Augen und samtener Haut und dunklen Haaren, gewellt, gezopft, zerzaust waren die Haare. Manche trugen eine Schuluniform, ähnlich gestopft, durchlöchert, zu groß wie Majas Schuluniform gewesen war, ähnlich zerschlissen die Schuhe; manche trugen Flipflops, die meisten liefen barfuß, spielten mit Federballschlägern fast ohne Bespannung, lachten dabei, spielten mit Footbags aus geknäueltem Kabel. Schau, sagte der Mann im Kittel und zeigte auf ein Mädchen mit Beinen wie Stängelchen, das geschickt das Kabelknäuel mit Rist und Ferse gaberlte. *Perfect*, rief der Mann dem Mädchen zu, das das Kabelknäuel mit der Hand fing und, *what's your name*, rief und, *where are you from*. Kinder gesellten sich zum Mädchen, schüchtern erst, bis der Mann im Kittel und ich mich zu ihnen hockten, dann berührten sie mich, und ich sah Maja, Maja, die lachte und aussah wie diese Kinder. Ich stand auf und sagte, *good bye,* entfernte mich rasch.

✧

Die Geister beschützten mich nicht, Liza beschützte mich nicht, ich fiel in ein Loch und verwuchs, Bilder schossen ins Kraut, Bilder von früher und wucherten Gegenwart zu.

Herbert würde bald kommen, Herbert würde von seinen Plänen und Projekten erzählen, Herbert würde Szenarien und Zukunft ausbreiten, Herbert würde nicht aufhören, mich nach meinem Befinden zu fragen, und ich würde angegriffen aussehen, *angegriffen siehst du aus, Anna*. Herbert würde mich nach meinen Plänen für die Zukunft fragen, und ich würde schweigen und Herbert würde Strategien erörtern, die man mit therapeutischer Hilfe erarbeiten könne, Herbert würde therapeutisch und professionell synonym verwenden.

Ich saß im Loch und schob den anderen die schwarzen Rollen zu, sagte, *Abstand*, zu Michael, *ich brauch bitte Abstand*. Und Michael sagte, weil ich im Loch saß, nicht, *ist schon gut* und *ich warte*. Er schüttelte den Kopf, weil ich im Loch saß, packte sein Zeug und verschwand. Mira, Dieter, Klaus, Christine, Georg, Theresa, der Schamane, Jakob und Elena saßen um einen Tisch, waren feist geworden und ließen keinen Platz für mich.

Ich atmete flach und schnell, ich atmete wie eine, die Angst vor dem Ersticken hat oder vor dem Undeutlich-Werden: Über den Tisch, übers Knie müsste ich wieder fahren, über die Lehne, den Oberarm, beiläufig, und Maja müsste ich an die Hand zwingen.

Ich stand auf, machte die Tür auf, trat hinaus, stützte die Ellbogen auf die Balustrade, legte im Notlicht die Hände ineinander. So hatte der Mann im Kittel, den ich um Hilfe bitten würde, die Hände gehalten.

Ich klopfte, hörte, wie er näherkam und stehenblieb, hörte, wie er aufsperrte. Ob er zu mir kommen könne, ob er bitte zu mir kommen könne. Wann? *Jetzt, ich brauche bitte Hilfe*. Und drehte mich, setzte Schritt an Schritt, ging an der Balustrade vorbei über den Steinboden im Notlicht zu meinem Zimmer, setzte mich auf den Sessel neben der Tür. Ich konnte allein nicht ins Zimmer zurück, im Zimmer überfiele Unwirklichkeit mich. Liza besuchte mich, brachte mir Avalokiteshvara mit, den Bodhisattva fürs Mitgefühl, tausend Hände, tausend Augen hatte er; schauten die Hände, die Augen wie das Rad eines Pfaues aus, schaute das Rad des

Pfaues wie ein Madonnenmantel aus: Wurde aus dem Bodhisattva fürs Mitgefühl die Jungfrau Maria, wurde himmelblau der Mantel, wurde aus der Jungfrau Maria Liza, strich sie mir übers Gesicht. Und wurde aus Liza der Mann im Kittel, der sich zu mir setzte, die Beine gekreuzt.

Die Balustrade rückte ab, Maja. Maja, ich musste mich festhalten an der Schulter des Mannes, Schweiß tropfte mir vom Gesicht, Bächlein von Schweiß liefen den Körper hinunter. Der Mann sah mich an und erschrak, und ich wurde panisch darüber, ließ ihn los, weil sein Erschrecken zurücksprang auf mich in doppelter Wucht.

Der Wind brachte Geräusche von der Straße herauf, Nachtgeräusche mit Nachhall, Gerüche wurden laut, vor allem Obst, das überreif war und zu faulen begann beim Heben des Arms; Tränen rannen mir über die Wangen und unterm Kiefer mit den Schweißtropfen zusammen.

Sieben Schritte waren es zum Bett hin, er blieb in der Tür stehen, ich hyperventilierte. Es geht vorüber, sagte ich und atmete tiefer, es wird schon wieder, er soll die Türe schließen, ja, bitte, dableiben, unbedingt dableiben und die Türe zumachen.

Er trat ans Bett und schaute auf mich herunter, bis ihm der Kopf zu hoch saß und er sich hinkniete und mir über den Oberarm strich. Dann hielt er inne und begann zu summen. *Ich habe oft für Maja gesummt,* sagte ich, *vor allem anfangs, als alles neu für sie war.* Als er mir wieder über den Oberarm zu streichen begann, hörte er mit dem Summen auf. Er summte und strich nie gleichzeitig.

Dann streckte er seine Hand, dass sie grob deutlich wurde und wischte mir mit einem Tuch über die Stirn. Ich war nass und zitterte, *ja,* hatte ich zu Herbert gesagt, *besuchen wir gemeinsam das Waisenhaus; duschen,* sagte der Mann im Kittel, ich solle heiß duschen, er hole sein Bettzeug inzwischen, meines sei ja ganz durchgeschwitzt.

Ich stand auf, stützte mich an der Wand ab, ging ins Bad, sah mich im Spiegel und erschrak. Stellte mich unter die Dusche, hörte das Wasser, sah Maja vor der Dusche sitzen, Maja, die zu singen begann, sah neben Maja Jakob und Elena, hörte sie ständig neue Vorschläge ins Refrain-Ende rufen, da hat das blaue, das freche, das schlaue, das rote Pferd sich umgedreht, sie begannen zu zanken, nein, das rote, nein, das freche, nein, das gilt, das giltet nicht, und guilt. Und guilt und giltet nicht. Und giltet wirklich nicht.

Der Mann schlief, als ich zurückkam, im Dämmerlicht am äußersten Bettrand. Verschattet waren die Mulden unter seinen Brauen, verschattet war das Wangenstück neben der Nase. Er atmete tief. Ich legte mich neben ihn, die Haare ins Handtuch gedreht, war müde, sehr müde, danke, dehnte das Wort in den Schlaf hinein.

Das Telefon läutete, *it's for you, Miss Anna, it's from Europe.* *Hier ist Herbert,* sagte Herbert und hallo und wie es mir gehe. *Weißt du, wie spät es ist? Neun Uhr dreißig.* Ich lachte schrill, er würde bald kommen und wo wir uns träfen. Das wüsste er doch, im Dwarikas in der Lounge. Ob er nicht doch ein Zimmer für mich. Nein, danke, bis bald, Herbert, ciao.

Ich legte mich nicht mehr ins Bett zurück; der Mann war weiter in die Mitte gerückt, vielleicht schmerzten seine Glieder vom Liegen am äußersten Rand, vielleicht meldete er Ansprüche an: Er atmete anders und starrte in die Luft, als ich mich anzuziehen begann, starrte wie einer, der sich zwingen muss.

Er würde nach Bodhgaya fahren. *Wann? Heute am Abend. Danke,* sagte ich, *danke für alles*. Er nahm meine Hand, ob ich mit ihm nach Bodhgaya fahren wolle. Herbert komme, das wisse er doch. Aber warten könne er oder nachkommen könne ich. Nein, danke, sagte ich, er wisse doch: Maja. Dann müssten wir wenigstens um den Stupa und zu den Ghats gehen, wo die Hindus ihre Toten verbrennen. Er redete jetzt anders mit mir, seine Stimme war höher, er redete wie mit der Bettlerin am Tag zuvor.

✦

Wir tauchten ins Gedränge ein, rechts und links Läden und vor den Läden auf Planen gestapelt und dicht an dicht gelegt Waren. Bettler dazwischen auf Wägelchen, Bettler in Rollstühlen, Bettlerinnen mit Babys am Arm. Weiß geschminkt mit rotem Tikala hoben die Sadhus ihre Schalen, wenn Westler vorübergingen. *Photo, Photo,* sagten die Sadhus mit Asche im hüftlangen Haar und Blumenketten bis an den Nabel, oder sie sprachen Gebete. Wenn die Sadhus *Photo, Photo* sagten, grinsten sie und zeigten ihre faulen Zähne. In manche Schalen legte ich von den Münzen, die ich lose in der Hosentasche liegen hatte.

Immer dichter wurde das Gedränge und ich stieß an den Mann im Kittel, spürte ihn ähnlich, wie ich Liza gespürt hatte, als wir mit den Nomaden um den See gegangen waren. Er legte den Arm um mich, als er mir Schreine zeigte. Wenn er den Arm von mir nahm, spürte ich den Widerstand, gegen den er das tat. Dann nahm er seine Mala und schob die Perlen mit dem Daumen weiter. Nach Pisse und Zimt roch es, nach Zucker und Fett, nach getrocknetem Fisch, nach Räucherwerk und Fleisch, das offen auslag, nach Kunststoff, der schmolz, nach Popcorn und Obst, nach Armut roch es. Überall Kinder in Schuluniform mit zu weiten Socken, abgetragenen Schuhen und ausgewaschenen Hosen, mit schweren Zöpfen die Mädchen und augen- und zahnweiß ihr Lachen, Lebensvögel flogen ihnen aus dem Mund, ach, Maja, Maja.

Wie eine riesige Brust erhob sich vor uns der Stupa, aus drei stockhohen Terrassen erhob sich eine weiß getünchte Kuppel mit einem rechteckigen Schrein aus Gold und einem abgestuften Turm; wie ein Nippel sah der Turm aus, ein Nippel, der in Teile zerfiel, wenn ich ihn länger anschaute; Fahnen hingen an Seilen, bewegten sich im rosafarbenen Licht. Die Anmut der Fahnen teilte sich den Menschen mit, die mit Malas in den Händen um den Stupa gingen, Mantras murmelnd, Gebetsmühlen drehend. Die Frauen trugen Kleider, die in zwei Falten bis zum Boden reichten, bunte Bänder lagen in Taillen, Zöpfe waren hochgesteckt, Zöpfe fielen auf Schultern, in manche war Garn eingebunden; Nonnen und Mönche trugen weinrote Roben, die aus dem Westen trugen Outdoor-Kleidung; Butterlampen wurden angezündet, die Menschen legten ihre Stirn an heilige Steine, einer zuckte spastisch mit der Bettlerschale, ein anderer war zusammengeklappt wie ein Taschenmesser und fuhr mit seinem Stab die Steinplatten entlang, sein Kopf baumelte in Knöchelhöhe dabei, Hunde liefen zwischen den Menschen, die den Kothaufen auswichen und sich vor den Schreinen verneigten, manche gingen hinein, Mönche rezitierten dort Gebete und nahmen Opfer an, Mönche segneten Menschen, schlugen Trommeln, spielten Gyaling.

Bilder kamen in mir hoch, zeigten Maja im Apfelbaum, schwebend, zeigten Herbert, der Maja in seine Brust nahm – eine Ausnehmung, eine Nische hatte er für sein Kind –, zeigten meine Hand, die ich unter der Achsel versteckte, weil sie wie eine Pranke aussah.

Die Sonne stand schon hoch, als wir uns aus dem Menschenstrom, der sich um den Stupa bewegte, lösten, um zu den Verbrennungsplätzen zu gehen.

An der Straße warteten wir, bis sich eine Lücke im Fließen auftat, so groß, dass man die Hand heben und auf die Fahrbahn in den Smog springen konnte, ohne dass einen die armseligen Karossen, die Rikschas oder die protzigen Autos überfuhren, es fiel mir nicht leicht, an die Macht der gehobenen Hand zu glauben.

In eine abfallende Gasse bogen wir, sahen rechts und links Häuser, die nur straßenseitig notdürftig verputzt waren, aber Fenster waren eingebaut, die weiter unten in der Gasse fehlten, wie Ruinen sahen die Häuser dort aus, die dann auch keine Ruinen, sondern nur noch Verschläge waren, in denen gezankt und geredet wurde, Verschläge, in denen verkauft wurde, Süßes und Toilettenartikel, als könne man davon leben. Haare wurden auf der Straße getrocknet, gesessen, geredet wurde auf der Straße, gestillt wurde auf der Straße, gespielt wurde auf der Straße; Gärten und kleine Felder lagen dazwischen, Weizen wuchs auf den Feldern, Kürbis blühte, der Rettich war zum Ernten. Staubig war alles, schmutzig; Müll lag auf den Brachen, und Schweine und Hunde und Menschen lagen im Müll, angepflockt Ziegen.

Der Mann im Kittel zupfte mich am Arm und zeigte auf ein Kind, das sich hinhockte und eine Glasmurmel aus dem Staub fischte.

Wir gingen über eine Brücke, an deren Enden Menschen in Dreck und Exkrementen wie in einer Hölle saßen. Ich hatte keine Münzen mehr, das Elend, der Ekel griffen mir ins Herz, ich trat vorsichtig auf. Wir gingen einen Hügel hinauf, eine Zauberstadt oben aus Tempeln, Chaityas und Skulpturen und Shiva überall dort, Shiva, der Erschaffer, der Zerstörer, und Shivas Vehikel vor jedem der Chaityas, Nandi, das Stiertier, das aussah wie eine Kröte und all überall das Werkzeug zur Zeugung, all überall Lingams, wo olfaktorisch der Tod hockte. Horden von Affen zwischen den Schreinen, Sadhus, die ruhten, und Touristen, die die Schreine, Affen und Sadhus abzulichten versuchten. Frauen verkauften Getränke, Nüsse, Süßigkeiten, Krimskrams. Heilige Bäume breiteten über Affen, Lingams, Sadhus, Bettlern, Händlerinnen und Touristen ihre Kronen aus, und ich folgte dem Mann im Kittel, der langsam vor mir herging wie ein Fremdenführer, der nicht bei der Sache ist.

Opferschiffchen aus Bananenblättern lagen neben den Brahmanen, Blumengirlanden, Bilder von Gurus, Reissäckchen, Safran, Kerzen. Manche Brahmanen saßen in der Sonne, manche hatten Schirme und Planen zu bizarrem Sonnenschutz verspannt. Männer berührten mich, *do you need a guide,* immer wieder, *do you need a guide,* und ich deutete nach vorne, *thank you, I have one.*

Ein Toter wurde auf einer Bahre in safranfarbenen Tüchern zu einem der Verbrennungsplätze getragen, Angehörige folgten, der Tote wurde auf den Scheiterhaufen gelegt und die Bahre aus Bast unter ihm herausgezogen, die Tücher wurden über seinem Kopf und über seinen Beinen auseinandergeschlagen. Die Angehörigen gingen um ihn, sprenkelten Wasser und Milch über sein Gesicht, das fast lebendig auszusehen begann; ein Angehöriger schöpfte, in weiße Tücher gehüllt, das Milchwasser mit beiden Händen über die Füße des Toten, auf die er sein Gesicht dann legte, bis der, der das Ritual leitete, ihm eine Fackel in die Hand drückte, Weinen schüttelte ihn, eine Frau schluchzte auf. Der, der das Ritual leitete, führte ihn ans Kopfende und zündete die Fackel an, mit der er um den Toten ging und ihm an den Mund fuhr, ein Dochtstück, das zwischen den Lippen steckte, anzuzünden, dann stand er bewegungslos, bis der, der das Ritual leitete, ihm die Fackel aus der Hand nahm und unter den Haufen legte; Flammen schlugen aus dem Gesicht, Flammen schlugen aus dem Reisig.

Ein Toter wurde auf einer Bahre in safranfarbenen Tüchern zu einem flussabwärts liegenden Verbrennungsplatz getragen und auf den Scheiterhaufen gelegt, Angehörige versammelten sich um ihn.

Ich setzte mich zwischen die Gläubigen und Brahmanen, hörte Weinen und Reden, Lachen und Beten, sah Menschen, die Wäsche, ihre Kinder und sich selber wuschen, sah die Scheiterhaufen, sah verkohltes Holz und Knochen im Wasser.

Maja hatten sie in einem der Öfen verbrannt, die man nicht zu Gesicht bekommt. Der Sarg war auf einer Bühne gestanden, auf den Stühlen waren Herbert, ich, ein paar Verwandte, die Ginthofleute, Majas Kameradinnen, Leute aus dem Ort gesessen. Mit dem Tod per Sie war samt seinem Zierrat der Raum gewesen und Herbert hatte die Feier erhaben-kitschig inszeniert, Flöten spielende Kinder, einen Priester hatte er aufgetrieben, obwohl er Agnostiker war und ständig Pfaffenwitze aus dem Ärmel schüttelte, und einen Sitar spielenden Inder. Ich hatte aufstehen und vorgehen müssen, um Maja danke zu sagen.

GEORG

Wie ambivalent Begehren sein kann

Im Tosonos waren fast alle Sessel besetzt. We aren't Konstantin, we aren't Irene, sagten die Hinterköpfe, Schultern, Profile. Eine Fahne, auf der Tosonos stand, war frisch an die Wand gemalt, ein Holztisch samt Mikro stand auf der Bühne.

Ich stellte mich an der Theke an, hörte Sesselrücken, hörte Stimmen, eine Art Summen, drehte mich um, es gab keine zwei freien Sessel nebeneinander, blieb ich halt an der Theke stehen, mit dem Bier in der Hand, das mir der Riese, *glad you're here*, in die Hand gedrückt hatte; ein Mann ging auf die Bühne, begrüßte auf Englisch und Griechisch, stellte den Redner vor, *Melvin from Sweden*, der sich vors Mikro setzte, sympathisch, brünett, hi peeps, und Witzchen machte, bevor er zur Sache kam, *anarchism is a principle or theory of life which is grounded in moral claims about the importance of individual liberty*.

Ich bestellte ein zweites Bier, Athenian, mit der Kopfgeborenen auf dem Kronenkorken, mit Athene, die einen Helm trug und an die Athene im Brunnen vor dem Parlament in Wien erinnerte. Schon irr. Sprang in voller Rüstung aus dem Schädel des Vaters, der zerschlagen worden war, um die Schmerzen zu lindern, die ihn befielen, nachdem er die Mutter gefressen hatte. Und einen Sohn gab es auch, einen Sohn ohne Namen, der nicht aus dem Vater springen konnte.

Der Mann, der begrüßt hatte, stand auf und fasste Melvins Einleitung auf Griechisch zusammen. Was für große Töne, in der Kommune waren wir bescheidener, aber das Gemeinwohl war auch dort Thema gewesen – was hatten unsere Fragen und Flausen die Bauern geärgert, unser fehlender Glaube an den Herrgott, der oben wohnt, wie war ihnen unsere Faulheit aufgestoßen, unser Öko-Gehabe, wie waren wir uns beim Keuschnwirt in die Haare geraten.

✦

Wir umarmten einander, meine Hand blieb momentlang auf Konstantins Schulter, Konstantins Hand blieb momentlang auf meiner Schulter. MACHT NICHTS, würde ich schreiben, MACHT NICHTS MACHT NICHTS.

Eine Blase wuchs um uns, die alles verrückte und unsere Arme groß erscheinen ließ, komisch vertraut (vertaut), und an den Sätzen Flaum hing, klar für uns beide, deutbar mit links, ein Bier, ja, auch ein Bier für Konstantin und das Boot auf dem Shirt ist irgendeins, nicht seins, Konstantin hob den Arm, die Flasche an den Mund zu führen, meinen Arm streifend, mir anzudeuten, dass er mich berühren, dass er mich streicheln mochte, er breche erst in drei Tagen auf – ob ich nicht mitkommen wolle. *Be quiet, will you*, sagte die Frau neben ihm.

Melvins Sätze spazierten über Wände, raschelten wie Girlanden, blinkten wie Reklamelichter – ich fühlte mich von Konstantin so angezogen, dass ich mich zu ihm neigen musste. *Was ist mit deiner Freundin? Ich weiß es nicht, ist alles irgendwie strange. Warum? Sie fühlt sich von den Faschisten bedroht. Oder sie spielt ein Spiel, das ich nicht durchschauen kann, vielleicht bin ich zu blöd dazu. Magst du nicht mit mir kommen, Georg?*

Wie Konstatin lachte, wie Konstantin *Georg* sagte, *Georg*, wie Konstantin mich meinte und ich ganz langsam, slow motion, in Trance, meine Stirn auf seine Stirne legte und ein Seufzen durch mich ging, körperinnen ein Ruck, als erwache was (das Pelz-, das Murmeltier). Ganz nah sah ich Konstantins Lippen, den Bogen, das Rot, das Lippenrot mit feinen Rillen drin, ein Pünktchen links am Lippenherz, die Lippen streiften und berührten mich.

Konstantin lehnte sich an die Theke zurück, er halte es nicht länger aus hier drin. Und ich. *Es gibt ein schönes Rooftop hier.*

✦

Wir bestellten Bier und drängten durch die Leute, stiegen die Treppen hoch und traten in die Dämmerung, *ist kühler als vermutet*, sagte ich. Wir gingen an die Brüstung, schauten auf die Nachbarhäuser, in den Himmel, schauten auf die Bäume, auf die Autos unten, und fehlte mir mit einem Mal die Sicherheit, war, zapp, die Bubble weg, kein Schutz, nur Wind, der von der Seite kam, Südwest, sagte Konstantin. Grotesk erschien mir mit einem Mal alles, aus der Haut wollte ich, mich wegbeamen, mich irgendwie zum Verschwinden bringen, wie unangenehm, wie rückgratlos Irene gegenüber. Ich rückte zur Seite, dass der Abstand zwischen uns größer wurde und Konstantin die Sätze, die ihm auf der Zunge lagen, schlucken musste, die Sätze, die ich spüren konnte. Was ihm an Chomsky gefiele, sagte ich, was ihm an dem, was Chomsky zu Anarchismus sagt, gefiele. Schau, sagte Konstantin, schau dort unten.

Sieben, acht Vermummte rannten durch die Gasse, von Polizisten verfolgt, zwei Vermummte blieben stehen, drehten sich um und warfen Molotowcocktails. Eine Flasche zog eine Brandspur über die Straße, eine zweite landete in einem Container, aus dem jetzt Flammen schlugen. Die Vermummten bogen in eine Gasse, die Polizisten ihnen auf den Fersen. *Wenn das Anarchismus ist, Georg, nein danke. Ist es ja nicht, Konstantin. Wenn jeder betonen muss, dass Anarchismus nicht Gewalt, Zerstörung und Rechtlosigkeit meint, ist etwas faul. Vielleicht sollte man sich um eine neue Bezeichnung bemühen. Hab mit Irene oft darüber diskutiert. Du bist ihretwegen hier? Eigentlich, ja.*

Schreie, Schüsse. Die Vermummten tauchten von der anderen Seite auf, auch waren es deutlich mehr, und warfen Steine und Brandflaschen, die explodierten, sobald sie aufschlugen; ein gepanzertes Fahrzeug fuhr in die Gasse ein, aus dem Polizisten sprangen und sich formierten, um mit Schlagstöcken auf die Vermummten loszugehen, die sich zurückzogen, in den Gassen verschwanden, als sei alles Spuk zu ungehöriger Stunde. Ein Löschwagen hielt in der Gasse weiter unten, Feuerwehrleute sprangen heraus, inspizierten den Container, hoben Schläuche aus dem Wagen, rollten sie aus und löschten den Brand.

Ich wollte als Kind Feuerwehrmann werden. Ich auch, ich denk, die meisten wollen das, warum die Scharmützel, Georg, was wollen die Anarchisten damit? Es sind nicht die *Anarchisten, es ist ein Grüppchen Radikaler, Anarchie ist ein Lebensprinzip. Was noch nichts heißt. Doch, du musst nicht zerstören, du beginnst einfach selbstbestimmt zu leben. Lies Landauer.*

Rauchschwaden standen über dem Container, die der Wind dann mit sich nahm. Die Feuerwehrmänner rollten die Schläuche ein, hoben sie in den Wagen. Der Lärm ebbte ab, und dunkler war's, das Licht am Horizont wie ausgeknipst.

Ich hab ein Jahr in einer anarchistischen Kommune gelebt, Konstantin, pseudoanarchistisch für Irene, auch die Bauern in der Umgebung waren skeptisch, reiche Stinker waren wir in ihren Augen, Städter, die ihr Spielchen spielten. Karg war alles, richtig karg, bis auf Mehl, Öl, Salz aßen wir nur das, was wir vom Boden und den Tieren hatten und was wir eintauschen konnten; aber wir hatten alle etwas zur Seite gelegt für danach; dann kam's ja verrückt: Mira hat den Hof der Nachbarin geerbt, nen richtig großen Hof.

Konstantin legte mir die Hand an die Achsel. *Georg, ich würde mich freuen, wenn du mitkämst, Georg.* Eine Pause ließ Konstantin zwischen Ge und org, einen Korridor zwischen den Silben, durch den sein Atem ging. Dann küsste er mich.

Leute traten aus dem Häuschen in der Mitte, aufgeregt, kamen an die Brüstung und schauten nach unten. Motorräder fuhren in die Gasse ein mit Sirenengetön – wie Suchscheinwerfer stachen die Aufblendlichter –, blieben zwei Häuserblöcke vor dem Tosonos stehen, eine feindliche Einheit, die alle hier aufbrachte, bis auf Konstantin und mich; die Leute diskutierten, bevor sie polternd die Treppe hinuntergingen. *Nein, ich komm nicht mit dir, Konstantin, Irene ist da unten irgendwo.*

✦

Wir gingen die Gasse hinauf, um uns zu den Leuten vom Tosonos zu gesellen, die neben den Delta-Polizisten Stellung bezogen hatten; in Lederkluft und Vollvisierhelmen sahen die Polizisten auf ihren Maschinen wie Krieger aus, während die Leute vom Tosonos an Widerständler, die ihre Haut riskieren, erinnerten und Konstantin und ich eine exzentrische Nachhut bildeten im Lärm der Sirenen, im Hagel der Lichter. Eine Gruppe von Aufsässigen bildeten wir, die verharrte, auch als Polizisten die Visiere hochklappten und uns zum Gehen aufforderten.

Es roch nach Brand, nach Löschschaum und nach Auspuffgasen, die Leute husteten, wischten die Tränen, die ihnen der Rauch in die Augen trieb, mit den Handrücken ab. Die Polizisten kuppelten aus und gaben Gas, um ihren Sätzen Nachdruck zu verleihen. Das Bäumchen am Straßenrand wurde von den Aufblendlichtern angestrahlt, als solle es bloßgestellt werden, überführt der Komplizenschaft mit uns Anarchos, die sich aufdringlich als Beobachter inszenierten; jetzt drückten die Polizisten die Lenker nach außen, um auch jene, die im Dunklen standen, anzustrahlen. Bizarr geriet dabei der Container ins Licht, ein Brand-, ein Mahnmal, bizarr auch die Graffitis, fuck police.

Wir rührten uns nicht, ich stand neben Konstantin, hinter einem Mädchen mit langem Haar und einem Mann mit schwarzroter Mütze, die wir um Kopfeslänge überragten, immer wieder fuhren die Scheinwerfer über uns.

Vermummte kamen aus der Seitengasse, sahen die Polizisten, liefen in die Gasse zurück; wie auf Kommando kuppelten die Polizisten, schalteten, gaben Gas. Die Leute begannen miteinander zu reden, als sei dieses Schauspiel nicht ungewöhnlich, manche zündeten sich eine Zigarette an.

Dann kehrte ein Teil ins Tosonos zurück, der andere ging zum Platz vor, wir bogen in die Gasse, in der die Vermummten verschwunden waren. Von den Laternen fiel Licht auf Teile des Pflasters, auf die Poller-Reihe, die Bäumchen, die besprayten Fassaden, wohin, Georg? Irene ist hier.

Der Lärm nahm zu, drohend das Pfeifen, das Krachen, die Schreie; auf der Straße verstreut lagen die Reste einer Mini-Barrikade, Bleche, Stühle, Holz- und Gitterteile, in der Gasse weiter unten brannte ein Auto, ein zweites ging in Flammen auf, beißend der Rauch.

Ich möcht alleine weiter, Konstantin. Bist du meschugge, warum? Irene, vielleicht kann ich ihr helfen. Sorry, bist du noch dicht? Warum? Weil du ihr nicht helfen kannst. Schau, Ermis. Ein Hund rannte neben einem Grüppchen Vermummter her, ein Golden Retriever, ich rannte los, rannte ihnen nach, Irene, Irene. *Irene isn't here*, keuchte einer. Zwei Motorräder bogen in die Straße ein und fuhren direkt auf uns zu, die Vermummten verschwanden blitzschnell in einem Hauseingang, ein Knüppel sauste nieder, dass ich zur Seite taumelte, bis Konstantin mich auffing und zu einem Poller führte; Blut rann mir übers Gesicht, das Konstantin notdürftig mit Taschentüchern zu stillen versuchte.

Do you need anything, rief eine Frauenstimme aus dem Fenster über uns, *I have to bandage the wound*, antwortete Konstantin, *I'll come*, sagte die Frauenstimme.

Das Licht ging an, die Frau kam mit Verbandszeug heraus, *muss man nähen*, sagte Konstantin und wickelte mit zitternden Fingern zwei Rollen Mullbinde drüber. *You need a beanie*, sagte die Frau und lief durch den Lärm in die Wohnung, kam Augenblicke später mit

einer schwarzen Mütze zurück, *thank you*, sagte Konstantin, ich zog die Mütze über, *thank you*, die Frau
hob die Hand und verschwand im Hauseingang. Vermummte rannten an uns vorüber, unwirklich alles, als
spielten wir Straßenkampf und ich hätte aus Versehen
eins drüber gekriegt.

✧

Ich hielt mich an Konstantins Arm, der mich mit eini-
gem Orientierungsglück zum Omonia-Platz führte, wo
wir in ein Taxi stiegen, das uns, darauf bestand ich, in
meine, in die Wohnung von Irenes Freundin bringen
würde, *vielleicht hat sie ne Nachricht hinterlegt*.

Ganz waren wir nicht aus dem Alb; auch wenn wir
an Leuten vorüberfuhren, die zu zweit oder in Gruppen
vor Schaufenstern standen, auch wenn wir frisch res-
taurierte Geschäftsportale passierten, ein Bankinstitut
aus Granit, wie für die Ewigkeit gebaut, auch wenn
wir an historisierenden Fassaden, an Plakatwänden,
Hinweistafeln vorüberglitten und alles friedlich erschien, hatten sich Kopfschmerzen, Schwindel und
Übelkeit ins Taxi-Heck geschwindelt – und Filmchen,
die Motorräder zeigten mit stechendem Aufblendlicht,
einen Arm, der ausholt, einen Schlagstock, der nieder-
saust, Filmchen, die Konstantins Hände, immer wieder Konstantins Hände zeigten, die blonden Härchen
in der Sonne; dann tauchte Landauer auf, Landauer,
entrückt und schön wie auf dem Porträt, das ich im

Atelier stehen hatte. Ich musste mich übergeben. *Bloody gays*, schrie der Taxifahrer, bremste, fuhr an den Rand, *aussteigen, sofort aussteigen, okay, sorry, we'll pay for the cleaning*; Konstantin half mir beim Aussteigen. *Wir gehen in meine Wohnung oder ich rufe die Rettung. Okay, okay*, ein bisschen musste ich mich setzen, rasten ein wenig.

Die Leute drifteten weg, die Leute kamen näher, das Straßenpflaster driftete weg, das Straßenpflaster kam näher, und Licht griff nach mir, *komm, Georg, gleich haben wir's*, Konstantin stützte mich und ich kotzte wieder; Kioske, Tische drehten sich um mich, *du weißt schon, Jakob, Scheinassel gilt, ja, Papa, Scheinassel gilt, wie lieb ich euch habe; jetzt noch die Stiege hinauf*, sagte Konstantin, *wir werden deinen Kopf hoch lagern, dann besorge ich das Zeug zum Nähen.*

⚓

Kugeln rollten, weiße, schwarze, über einen Trichter in ein Kleroterion, windiges Ding aus Karton, das nur zwei Schlitzreihen hatte, *Irene*, stand auf den Kärtchen der ersten Reihe, *Konstantin*, stand auf den Kärtchen der zweiten Reihe; dann tauchte eine dritte Reihe auf und ich entschuldigte mich explizit, *explizit,* das Wort spreizte meinen Mund.

Ich hole dein Zeug, sagte Konstantin. Die Wörter schaukelten und alles drehte sich, aber nicht mehr zum Erbrechen schnell, und ich versteckte mich so schlecht, dass alle mich sehen konnten, dann steckte ich in einem Käfig, hielt Leuten ein brechdünnes Stäbchen hin.

Konstantin kam elendslang nicht. Und kam dann mit Laptop und Einkauf und Brief. GEORG stand auf dem Kuvert.

Muss weg hier. Wenigstens nach Kreta. Kontaktiere mich nicht, ist alles überwacht. Brauche bitte Geld für meine Mutter und für Ermis, Geld nicht überweisen, ich melde mich. Die von der Goldenen Morgenröte haben mich halb totgeprügelt.

✦

Skypetime. *Hi, Jakob, hi, Elena. Hi Papa. Wer sitzt da neben dir? Das ist Konstantin, ein guter Freund von mir.* Wir tauschten Neuigkeiten aus und Elena las einen Aufsatz, der mich zu Tränen rührte, groggy wie ich war.

Mein Vater heißt Georg Salomon und ist 37 Jahre alt. Er hat BWL und VWL studiert und immer so gute Noten gehabt, dass der Bundespräsident gekommen ist. Dann hat er in den USA noch etwas studiert, das mit Wirtschaft zusammenhängt und sehr gut Englisch gelernt. Mein Vater hat in großen Firmen gearbeitet und dann eine eigene Firma gegründet, die andere Firmen beraten hat. Er hat zum Beispiel bestimmt, wie viele Leute in einer Firma arbeiten. Er hat geprüft, ob einer die Aufgaben von einem anderen übernehmen kann oder ob es eine bessere Software gibt oder ob eine andere Firma einen Teil der Arbeit übernehmen soll, die das billiger macht, weil sie in Rumänien ist. Mein Vater hat sich alles angeschaut und mit den Chefs geredet und alles berechnet und dann gesagt, wie viele Leute man entlassen muss. Dann hat mein Vater ein Burnout bekommen, weil er das nicht mehr hat sagen wollen und ist nur langsam gegangen. Mein Vater hat auch geweint und ist auf Versammlungen und in Therapie gegangen.

Dann ist er Künstler geworden und hat gemeinsam mit anderen den Ginthof gepachtet und im Atelier gearbeitet. Mein Vater sagt, wir müssen so leben, dass wir glücklich sind, dann fallen uns die guten Sachen ein, damit die Gesellschaft nicht vor die Hunde geht. Das hat mein Vater gesagt, bevor wir Wessely bekommen haben. Jetzt mag er Wessely so, dass er nichts Negatives über Hunde sagt, auch keine negativen Vergleiche. Mein Vater sammelt kleine Dinge und ordnet sie in Vitrinen, das schaut wunderschön aus, die Föhren-Nadeln schauen wie Wellen aus und die Hölzchen wie eine Geheimschrift. Ich glaube, dass mein Vater ein guter Künstler ist.

✦

Ich trug Konstantins Pyjama. Konstantin trug kurze Hosen und ein Shirt, das Seemannsknoten in zwei Reihen zeigte. Flügel wuchsen uns, als meinten es die Damen gut, die Moiren, Parzen, Nornen und wie sie auch heißen, die Dreigestirne, Dreifaltigkeiten.

Wir küssten uns und hätten uns auch geliebt, hätte mein Handy nicht vibriert. Irene. Sie müsse sofort weg, ich müsse bitte helfen, sie könne nicht zur Polizei.

Ich ließ Konstantin die Nachricht lesen und Konstantin fing seltsam Feuer, als hätten ihm die Damen Irenes Rettung anbefohlen. Ich musste noch einmal erzählen, was genau ich von Irene wusste – auch fragte er, ob das Haus auf Kreta ihr gehöre, ob sie Kontakt zu Pola Roupa hätte –, dann setzte er mir seine Pläne auseinander in einer Sicherheit, die mich befremdete, aber es musste alles sehr schnell gehen. *Du fliegst zu den Kindern, Georg. Ich segle mit Irene nach Kreta. Und weiter? Ich komme nach Wien, auf deinen Hof, ganz wie du willst. Schreib Irene bitte, sie soll um fünf Uhr am Eingang der Marina Zeas auf mich warten, ich werde eine beige Kappe tragen.*

✦

Auf der Hand lag Geschäftigkeit, unter der Hand lagen Enttäuschung und Sorge, die die Dinge kühl machten, die ich berührte, Konstantins Shirts und Konstantins Hosen, Konstantins Waschzeug, mein Handy, das ich vom Tisch hob, um Konstantin zu fotografieren.

Er würde das Boot startklar machen und Vorräte bunkern, dann würde er sehen, wie sich das ganze entwickle. Ob Irene überhaupt käme. Ob ich ein Foto von ihr habe. Es waren praktische Dinge, die wir beredeten. Dann umarmten und küssten wir uns, *wir sehen uns, Georg, wir sehen uns, Konstantin.*

Die Tür fiel ins Schloss und ich stand auf, knieweich, schwindlig, ging ins Bad und duschte vor Mosaiksteinchen aus grau glänzendem Glas.

✦

Tränen rannen mir über die Wange und fielen vom Kinnrand auf Konstantins Haut, Tränen, die ich wegwischte und dabei das Bändchen um Konstantins Hals verschob, dass ich die helle Linie sehen konnte. Konstantin begann mich zu kosen, verweilte am Hals, an der Brust, im Nacken, unter den Achseln, wanderte nach unten, *schöner Schwanz*, sagte Konstantin. Stöhnen musste ich und laut werden, als Konstantin meinen Schwanz in den Mund nahm, die Rosette massierend, innen und außen meine Rosette massierend; dann tanzte Konstantins Zungentier auf dem Damm und ich nahm den Schwanz in die Hand, die Konstantin führte, *schön*, sagte Konstantin, *schön, dein Wappentier*.

✦

Der Parthenon und das Erechtheion schwebten hell über der Stadt, Irene hatte Hämatome um die Augen. Die Cuts über der Wange, am Oberarm, auf der Stirn waren notdürftig durch Pflaster zusammengehalten, zum Glück hatte Konstantin Verbandszeug eingepackt und Vibrations, die es braucht zur Heilung einer geschundenen Frau, die er sacht jetzt berührte, *ich bestimme den Kurs*, sagte Konstantin und schaltete auf Autopilot, *dann schauen wir uns deine Wunden an.* Irene lächelte Konstantin an, und Kleingeist ich, Georg Salomon, nicht mitfühlend, wie ich es von mir erwartet hätte, nein, eifersüchtig ich, Georg Salomon, mit Bildern im Genick, die Konstantin Irene betrachtend zeigten, verstohlen, wenn sie wach war, zärtlich, wenn sie schlief.

Oder Irene biss in den Deckenrand, um nicht vor Schmerz zu schreien, als Konstantin ihre entzündeten Wunden desinfizierte. Oder Irene brachte Nudeln mit Tomatensoße an Deck, die sie gemeinsam aßen in der untergehenden Sonne, und Konstantin schenkte Wein in zwei Gläser, auf dich, sagte Konstantin, hob das Glas und schaute Irene in die Augen, die in Tränen schwammen (Eifersucht ist eine Kitschmaschine), so verzweifelt, dass er sich zu ihr setzte und in die Arme nahm und Konstantins Mund Irenes Lippen suchte, und die Wellen mit einem Mal höher wurden, als hätte Poseidon die Hand im Spiel, und Teller über den Tisch fuhren und zu Boden fielen; oder Irene war seekrank und lag mit verquollenen Augen zugedeckt auf der Bank des Mittelcockpits, während Konstantin Nudeln und Tomatensoße direkt aus der Fertigpackung aß, *Georg, ich mach das für uns*, flüsterte Konstantin und begann mich zu kosen.

Ich blieb sitzen, obwohl es mich zu würgen begann, ich stand nicht auf, erhob mich einfach nicht. Und Irene sagte mir die Zeilen vor, die ich so oft schon geschrieben

160

hatte, *du lebst ein Leben in Lüge und hältst den Kopf gesenkt, du lebst ein Leben in Lüge und hältst den Kopf gesenkt*. Der Raum war schon bis oben zugeredet, als ich Irene endlich zum Gehen aufforderte, *geh bitte, Irene*.

✦

Ich musste warten, bis die Dinge aufhörten, um mich zu kreisen und der Vogel aus dem Traum das Weite suchte, das Tier mit Pfauenkrone. *Prinzchen*, hatte der Vater gesagt, Prinzchen und Fuchs und Henne mit mir gespielt oder Schach. Papa, was tun die nackten Männer miteinander, die in deinem Schreibtisch liegen, das hatte ich nie gefragt, ich hätte zugeben müssen, dass ich gestierlt hatte, und stierln war verboten, da hatte der Vater keinen Zweifel gelassen.

Wir waren am Schnürchen gelaufen wegen der Neigung, ein Vorzeigepaar samt Vorzeigekind, nur dass das Prinzchen so früh eine Lehrerin ohne Karriereplan geheiratet hatte, eine Liebe, eine ganz Liebe, die sein Studium finanzierte, weil der Vater den Geldhahn zugedreht hatte wegen der vorschnellen Entscheidung. Das Sparbuch hatte er uns zum Studienabschluss dann beiden überreicht, ein Startkapital für dich und Christine.

✦

An Tandlern und Trödlern ging ich vorbei, an Kiosken und Läden, an Fassaden, von denen Irenes

Kapuzenköpfe zwischen Clowns grüßten; vor frisch getünchten Mauern blieb ich stehen, die mich an gewaschene Kindergesichter erinnerten; Lokal reihte sich an Lokal, die Tischchen und Sessel akribisch in Karrees und in Reihen gestellt.

Ich bog in ein Gässchen, ließ die Hand über einen Zaun aus grün lackierten Stäben gleiten – Einfriedungslinie, Abgrenzungsgeste –, bis mir ein Splitter die Haut aufriss. Die Bäume und Sträucher bildeten einen fast blickdichten Gürtel zwischen Zaun und Fassade; ich konnte jetzt langsamer gehen: Die jungen Blätter, die in der Sonne glänzten, gestatteten es, auch gewährten sie eine hellere Sicht aufs Gässchen, aufs Leben, das eine Biegung machte und den Blick freigab auf ein Tor mit mächtigen Säulen, die mittig weiter als an den Seiten auseinander standen.

Hier verlief wohl die Grenze zum tourismuskompatiblen Teil der Stadt, stattlicher standen die Häuser da, ohne Graffiti-Spuren. Im nächsten Kafenion bestellte ich Kaffee. *Ihr lebt ein Leben in Lüge und haltet den Kopf gesenkt, ihr liebt nicht, ihr habt keine Vorstellungskraft.* Stimmte. Nicht, stimmte nicht. Ich liebte. Ich liebte Jakob und Elena, ich liebte Maja, ich liebte Anna, ich hatte Christine geliebt, ich liebte Christine noch immer. Und Konstantin? Eher begehrte ich ihn. Und Irene? Ich wusste es nicht.

✦

Ich folgte dem Gässchen, das über Stufen anstieg, die wie Stege, wie Bänder, im Asphalt lagen, ich ging an Häusern vorbei, die top renoviert waren, damit den Touristen nur Schönes ins Auge sprang, wenn sie hier flanierten, den Duft der Pinien genießend, das silbrige Rascheln der Ölbaumblätter – und jeder Müllcontainer hatte einen Deckel, jeder Kübel einen Sack, jedes Zaunstück Farbe, damit nichts die Idylle störte, in die die Büsche artig ihre Äste reichten, während Bäume Schutz und Schatten spendeten.

Am Eingang zur Agora verweilte ich, um den Abhang hinunter übers Grabungs-Gelände zu schauen, vom Hephaistos-Tempel zur Stoa des Attalos. Ob sie einander schön finden? Ob der Funke überspringt? Wie groß wohl Konstantins Glied wird, wenn es erigiert? Ob Irene auf allen Vieren kriecht, ob sie sich von Konstantin massieren lässt?

Ob Wein auf dem Tisch steht, ob Irene auf Konstantins Schenkel vor- und zurückfährt, ob Irene aufsteht und sich über den Tisch beugt, damit Konstantin ihren köstlichen Arsch sieht.

Ich rannte, als seien Erinnyen hinter mir her, bis ein Platz sich öffnete und rechter Hand der Aeropag sich erhob, kein einziger Kran, in ganz Athen hatte ich noch keine Baustelle gesehen, scheiß Hilfspakete, ließ ich Irene (was irgendwie kathartisch klang) sagen, scheiß Hilfspakete, die nur Kreditrückzahlungen im Auge haben, scheiß Hilfspakete, an denen sich die Geber einen goldenen Arsch verdienen.

Hier hatte Epimenides vor ein paar Tausend Jährchen Schafe heraufgetrieben, um dort, wo sie sich niederließen, einen Altar zu errichten, an dem er die Athener dem Unbekannten Gott opfern ließ – auf dem Ginthof war der Unbekannte Gott ne fixe Größe gewesen. Was kathartisch daran sei, dem Unbekannten Gott zu opfern? Dass man sich vor der schieren Möglichkeit verneige, ich täte ja nichts andres, als dem Unbekannten Gott zu opfern, wenn ich die Sätze schriebe, bis meine Finger blutig seien und Bedeutung sich verflüchtige, und keine Bedeutung, bitte nicht Nichts sei, sondern, manchmal zumindest, die Ahnung vom Ganzen.

Maja hatte es verstanden. Und der Riese im Tosonos? Dem lag das Andere in den Gesten, Sätzen. Und Konstantin? Der würd es ahnen können.

KLAUS

Ich verlor die Zukunft nicht aus den Augen

🐦 Er sei ein einmal großes Tier gewesen, das man hinausgeworfen hat, er sei ein Aufwiegler, der wie ein Lamperl tue, sagten die wehrhaften Christenmenschen Georg nach – und die wehrhaften Christenmenschen hatten recht.

Wissen und Intelligenz richten den Penis nicht hoch, so könnte man Georgs Handikap beschreiben, das bizarre Blüten trieb.

Im Gegensatz zu mir hatte Georg Freiheit in der Wahl der Lebensform, verfügte über ein Vermögen, das er diskret in Lichtenstein blühen ließ; wenn er über Bescheidenheit schwadronierte, hätte ich ihm am liebsten eine mitgegeben.

Georg hatte mich angemeldet, weil ich während des Abschöpfungsverfahrens einer angemessenen Erwerbstätigkeit nachzugehen hatte, ich war sein Humanitätsprojekt, wofür ich ihm dankbar war, so gut ich konnte.

Georg und Christine versuchten das Versiegen ihrer

Liebe durch Benennungswut hintanzuhalten, sie benahmen sich wie übermotivierte Grundschullehrer.

Ich hatte Christines Begehren längst bemerkt, auch wenn sie es hinter einer pädagogischen Attitüde zu verstecken versuchte.

Theresa war, obwohl auch sie zur Persona non grata erklärt worden war, stur wie die Engel geblieben und hatte Tamara weiter besucht, was ihr einen Vertrauensvorsprung bescherte.

Wenn Christine beim Keuschnwirt ein Krügerl trank, ließ sie ihre Hand länger an meiner Achsel, oder sie rückte ihren Körper näher an meinen, was ich sehr erotisch fand.

Mein Penis wirkte einfach überheblich neben Georgs Penis, deshalb beschloss ich, mich nicht mehr neben ihm zu duschen, auch waren mir seine Scham und sein Erschrecken unangenehm.

Die Engel befahlen Tamara, sich die Pulsadern aufzuschneiden in der Kirche hinter dem Hochaltar, was misslang und ihr einen Aufenthalt im Krankenhaus bescherte.

Theresa besuchte Tamara im Krankenhaus und bat nicht mich, sondern den Schamanen, sie zu begleiten, wohl um ihre Fühler nach ihm zu auszustrecken, was abgesehen von einer kurzen Verliebtheit, die nicht mal in die Liebeskammer führte, nicht erfolgreich war.

Ich wäre gerne statt Theresa zu Tamara gefahren, hätte mich gerne nach dem Besuch in ein Café gesetzt und Zeitung gelesen, vielleicht auch hätte ich mir ein Smartphone gekauft (und gegen die Kommunen-Regeln verstoßen).

Ich war eifersüchtig auf Theresa, weil mir nach der Arbeit am Zaun nur das Laufen blieb gegen die Verzweiflung: keine Dienste für Tamara, keine Liebesspiele mit den Frauen, keine Gespräche mit den wehrhaften Christenmännern.

Warum riefen mir die Glockenblumen nicht Erlösung zu, warum konnte ich meine Verzweiflung nicht zwischen Tierleiber legen oder im Leib des Herrn aufgehen, warum war ich eine Nachtstelle für solche Erfahrungen.

Selbst die kitschigen Kalendersprüche meines Vaters schienen Recht zu haben, *ein Mensch ohne Träume ist wie ein Boot ohne Segel,* haha.

Wir mussten täglich länger Hand anlegen, weil wir den Petermichl-Hof und Tamaras Höfchen mitbetreuten, was mir guttat, weil ich dann hundemüde ins Bett fallen konnte.

Die Götter sind nicht mit der Unzufriedenheit und mit dem Gefallen an sinnlosen Schmerzen eingedrungen, wie Camus behauptet, die Götter hat man sich in Not und Einsamkeit zu Hilfe geholt.

Ich rief mir Christines Körper ins Gedächtnis (wie die wehrhaften Christenmenschen den Leib ihres Herrn), einen durchschnittlichen Körper, nach dem ich mich unglaublich zu sehnen begann.

Ich konnte die Vorwürfe der Hiesigen nachvollziehen, auch mir ging das Heiligheilig der Brüder und Schwestern und ihre Empathie, die so überreich Früchte trug, gegen den Strich, andererseits konnten die Hiesigen richtig biestig sein.

Auch wenn Camus das Gegenteil behauptet: man kann sich nach einem Gott oder, sagen wir, nach etwas Göttlichem sehnen und das Universum in seinem Schweigen wahrnehmen, vielleicht ist Sehnsucht sogar die Voraussetzung dafür.

Unglaublich, wie fest die wehrhaften Christenmenschen ihre Beine auf den Laminatböden hatten – vielleicht dachten die wehrhaften Christenmenschen Ähnliches über uns, nur dass sie den Ackerboden, den wir ihnen gestohlen hätten, als Bezugspunkt wählten.

Auch wenn uns die Hiesigen zum Teufel wünschten

(und dabei den Segen des lieben Herrn Pfarrers hatten), beschloss ich, wieder beim Keuschnwirt einzukehren, eine Intervention zur Verbesserung unseres Verhältnisses, und eine Alternative zum sinnlosen Rennen.

Ich wurde zum Prellbock für die Anwürfe und Hassgefühle der wehrhaften Christenmänner, was wehtat und zugleich den Selbsthass linderte.

Mit den Kindern baute ich Gräber für die Tiere, die wir gemeinsam beisetzten, das Nachtpfauenauge, den Igel, die Katze, das Rotkehlchen – ich liebte den Eifer der Kinder, ihre Hingabe.

Die Kinder gruben Kuhlen, hüllten die Tiere in Tücher, öffneten feierlich das Buch, das sie selbst geschrieben hatten, *du bist jetzt eine Katzenseele oder du bist ein Katzengeist, wir wissen es nicht, oder du bist ein Teilchen.*

Die Kinder waren bei der Sache, *mit Leib und Seele waren sie dabei, mit Inbrunst* (was für ein beschuertes Wort), und ich wollte bloß aufhören.

Bizarrer Traum: ich legte mit einem Segelboot an einer Kaimauer an, plötzlich fehlten die Fender und ich sprang zwischen Bootsrumpf und Mauer als lebender Stoßdämpfer, ich musste das tun im Traum.

Tamara wurde entlassen und hatte ihre Sinne wieder

beisammen, wie die Leute sagten, Tamara ging in die Kirche und zum Keuschnwirt und besuchte uns Ginthofleute.

Beim Keuschnwirt wurde Tamara meine Beschützerin und ich musste nicht länger den Prellbock spielen, es war, als versuchten alle einen Beginn.

Dann kamen die Engel wieder, und Tamara brachte Phlox zum Petermichl-Hof, weißen Phlox und frischte ihn im Keller ein, 25 Kübel voll; *fürs Kirchweihfest*, sagte sie (oder *halts Maul*), wenn ich sie nach dem Grund für ihr Treiben zu fragen versuchte.

Ich saß am Ginthof vor einem Feuerchen, als ich Flammen auf dem Petermichlhof auflodern sah, als halluzinierte ich.

Tamara! Tamara! – Tamara stand auf einem Haufen Phloxblüten, ein Feuerzeug in der einen, einen Kanister in der anderen Hand, und schrie verzweifelt, *ich versuch es ja, ich versuch es ja.*

Stege aus Heu liefen vom Phloxhaufen zu den Gebäuden hin, der Mond schien hell und teilnahmslos, ich riss Tamara das Feuerzeug aus der Hand.

Der Feuerengel ist weggeflogen, der Feuerengel ist weggeflogen, schrie ich und legte den Arm um Tamara, zitternd, nur nicht davonrennen und in der Scheune zu brennen beginnen.

Ich spürte Tamaras Not und Verzweiflung, ich spürte meine eigene Not und Verzweiflung, ich schlug mit den Zähnen.

Die Feuerwehr streute Bindemittel auf die Lachen aus Treibstoff, Tamara wurde ins Krankenhaus gefahren, die Brüder und Schwestern legten mir eine Decke um die Schultern.

Ich begann laut zu weinen – und ich war unendlich (ja, unendlich) dankbar für den Arm, den der Schamane um mich legte.

Mir war nach Reden, was mir in der Kommune und bei den wehrhaften Christenmenschen nicht möglich war, also übernahm ich das Bürsten der Kühe, denen ich erzählen und ins Fell flennen konnte.

Ich griff die Dinge anders an: Ich berührte sie, als müsste ich mich mit ihnen versöhnen.

In der Kirche setzte ich mich so, dass ich den jungen Mann mit den ausgebreiteten Armen anschauen konnte, auf den Bündel aus Licht fielen, ein unbeholfenes Bild, schlecht gemalt und übertrieben pathetisch.

Ich übte wie besessen die Footbag-Tricks, die Maja uns beizubringen versuchte, Rainbow, Rainbow, Round the World, die Bezeichnungen rührten mich.

Wenn ich mit den Kindern Theater spielte, bekam ich immer die Rolle des Bösewichts, der besiegt oder, was seltener vorkam, bekehrt, eines Besseren belehrt werden musste.

Mein Zusammenzucken zeigte schließlich Wirkung bei den wehrhaften Christenmännern (vielleicht kam ihnen das Leiden des Herrn Jesus in den Sinn, das ihnen allsonntäglich vom lieben Herrn Pfarrer ins Gedächtnis gewunken wurde), sie luden mich zum Kartenspielen ein.

Entfremdung und Abneigung trieben Christine und Georg zu bizarren Verrenkungen, die die Kinder verwirrten, zu Aussprachen unter dem Lindenbaum führten und mein Begehren stimulierten.

Ich masturbierte in der Kammer neben dem Stall, die ich aufsuchte, um nach der Arbeit die Bürsten ins Regal zurückzulegen, aber erst wusch ich mir die Hände unter dem Schläuchel, als wache mein Vater noch über meine Hygiene.

Das Schläuchel aus Kunststoff, das lasch aus dem Mäuerchen hing, erinnerte mich an Georgs mickrigen Penis, auch wenn ich mich dafür ein wenig schämte – und an die Defizite in Christines Liebesleben.

Ich kam den Brüdern und Schwestern näher, besonders Mira, der potentiellen Erbin des Petermichl-Hofs, die sich mit einer Krebserkrankung und den Anwürfen der wehrhaften Christenmenschen herumzuschlagen hatte.

Wir hatten wohl alle einen Hang zu vormodernen Deutungen, Mira zum Beispiel glaubte, Schuld hätte ihre Krankheit ausgelöst – als lebten wir im Mittelalter und glaubten an die Miselsucht –, obwohl sie Forscherin und unter den Postdocs so etwas wie ein Star war.

Wenn ich Miras Skrupel und Miras Deutungs-Pass besäße, läge ich krebszerfressen längst unter der Erde, so führte ich ihr die Möglichkeiten vor Augen, die mit dem Antritt des Erbes verbunden seien, Möglichkeiten zum Wohle aller.

Den wehrhaften Christenmenschen setzte ich auseinander, dass ein Erbverzicht Miras Vater Staat zum Erben machen würde, ein GAU für die landversessenen Bauern.

Georg verkroch sich im Atelier, in einem Raum, der diesen Namen nicht verdiente, um sich die Finger blutig zu schreiben.

Ich stimmte ein in die Lieder der Brüder und Schwestern, in den Sonnenaufgang, ins Gezwitscher, in den Wind, worüber sich die Schwestern, besonders Christine, sehr angetan zeigten.

We are beginners, abertausende Mal wiederholte Georg den Satz, überschrieb die Wörter, bis die Bögen löchrig und seine Finger wund wurden, *we are beginners,* obwohl er beziehungstechnisch am Ende war.

Die wehrhaften Christenmenschen beherzigten meine Warnung und starteten eine Charme-Offensive, die Grüßen, Lächeln und Besuche bei uns in der Kommune einschloss: Sie täten Mira als Erbin anerkennen, wenn sie was übrig hätt für die Feuerwehr, den Sparverein, den Pfarrhof und so.

Ecce Klaus, auch mich brachte ich ins Spiel, und deutete Mira an, dass sie mir (existentiell) helfen würde, wenn sie mich zum Verwalter des Petermichlhofs bestellte.

Ich half beim Auf- und Abtragen, ich half in der Küche, ohne dass ich eingeteilt war, ich unternahm Ausflüge mit den Kindern und lehrte gemeinsam mit Theresa die Brüder und Schwestern das Kartenspielen (was in der Gegend ein Synonym fürs Schnapsen war).

Wenn Anna zum Keuschnwirt auf die Hochalm ging,

war ich für Maja verantwortlich, was mich fast glücklich machte.

Womöglich idealisiert man Menschen, die zu früh sterben, doch Majas Lebensfreude schien mir singulär.

Wenn ich mit den Kindern war, bewegte ich mich abseits der Zeit, oder der Ekel mir selbst gegenüber nahm einfach ab.

Als die wehrhaften Christenfrauen, angeregt durch den lieben Herrn Pfarrer, Tamaras Häuschen auf Vorderfrau brachten und einen Vibrator von beachtlichen Ausmaßen fanden, war der Teufel los, mit dem die Christenfrauen Ringelreihen tanzen wollten, ich bekam Angebote.

Ich aber begehrte Christine, vielleicht liebte ich sie sogar, jedenfalls wollte ich gemeinsam mit ihr den Petermichlhof bewirtschaften, das war meine Vision.

GEORG

Als wär's ein Film

Vom Aeropag ging ich gschreams – *gschreams* hatte ich vom Petermichl – den Hügel hinunter zum Fuß des Philopappos und langsam den Philopappos hinauf.

Glauben, hatte der Petermichl gesagt und über die Wiese, die bunt gestickt mit Blumen war, gezeigt, *glauben geht, wenn man lang genug über die Wiese schaut.* Auch ich hatte über die Wiese geschaut, *ja,* hatte ich gesagt, *vielleicht kann man Geist oder etwas wie Geist ahnen.* Da war der Petermichl mit seinem *gschreams* gekommen, man müsse gschreams schauen.

Und *gschreams* bedeutet auch, hatte ich Irene geschrieben, Glauben vom Markt, vom Wachstum, vom Profit zum Anderen hin lenken, *und was bitte ist das Andere,* hatte Irene gefragt. *Alles ist das Andere*, hatte ich geantwortet, *und Nichts ist das Andere, wirklich Nichts*, die Paradoxie habe man im Herzen, im Magen, man werfe sie hoch und fange sie, bis sie weniger instrumentalisierbar, bis sie widerständiger mache, eine Paradoxie, wie jene vom Stier, der durch den Fensterschlitz springt oder jene vom Teilchen, das zugleich Welle ist; dabei sei es einerlei, hatte ich geschrieben, ob man das Andere absolut nennt oder nicht, im Grunde sei Begriffeklauben absurd im Hinblick auf das Andere, zeige vielmehr Ahnungslosigkeit im Hinblick auf das Andere, Ahnungs- und Inspirationslosigkeit, nicht einmal vom Geschmack des Paradoxen habe es etwas mitbekommen.

Das verstehe sie bitte nicht, hatte Irene geantwortet, das sei ihr zu verstiegen.

✦

Draußen, ganz draußen lag glitzernd das Meer – wie gern hätte ich Konstantin und Irene eine Nachricht geschrieben. Ich stand vor einem Mauerteil mit Nischen, in denen kopflos zwei Männer standen, ein Relief darunter, das einen Triumphzug zeigte, *Macht,* das hätte ich geschrieben, *Macht stellt sich immer ähnlich und immer ähnlich fad dar.*

Im Norden reichten die Häuser bis an die Berge, grüne Flecken und Kuppen dazwischen, der Parthenon stand auf dem Nachbarhügel, nach Süden waren die Straßen wie mit dem Lineal gezogen.

✦

I myself am an anarchist, but of another type, schrieb ich mit Steinchen, die ich auflas, schrieb, *I myself am an anarchist, but of another type* drei und fünf Mal, sammelte Ästchen, schrieb mit den Ästchen *I myself am an anarchist, but of another type* drei und fünf Mal.

Dann fotografierte ich die Sätze, Stein- und Stabschrift, und ging wild den Hang hinunter, auch *wild* hatte ich vom Petermichl, bis der Kopfschmerz unerträglich wurde und ich stehen bleiben musste, weil alles sich drehte, die Sträucher und Bäume, die Wäsche an der Leine, der Schlafsack auf dem Boden, die Decken, Flaschen, Taschen, der Duschsack, ähnlich jenem, der zuhaus' am Sparren hing, die Bretter- und Plastikverschläge. Ich legte mich ins Gras, *nimm beide Kissen und die Decke drunter, du musst hoch liegen*, ach Konstantin.

Foils, sagte jemand aus dem Off, als das Boot sich aus dem Wasser hob, *foils,* wiederholte die Stimme, als die Stangen teleskopisch in den Himmel wuchsen und die Kufen sich durchs Wasser pflügten, ohne dass ich sehen konnte, wer sich an Bord befinde; mach Männchen, sagte die Stimme, mach Männchen, bis ich hopsend meine Arme streckte und die Hände winkelte, Otto Waalkes ähnelnd, der einen Flügelhelm wie Hermes trug.

Die Sonne stand schon tief, als ich erwachte und einen Mann in schäbiger Kleidung neben mir sitzen sah, *okay, okay everything? Yes*, sagte ich und trank aus der Flasche, die er mir hinhielt, *no*, sagte ich, *dizzy*, und drehte meine Hand mit hoch gestrecktem Zeigefinger, *I feel dizzy. Can I have a blanket, please?*

Der Mann nickte, *wait*, sagte der Mann und ging zu einem Verschlag, kehrte mit einer Decke und zwei Kartonplatten zurück. *Jail of Socrates*, sagte der Mann und deutete den Hang hinauf, *thank you*, sagte ich und wankte zur Liegestatt, wie angenehm ich lag, wie die Decke stank, für die ich dankbar bis zum Himmel war; als Kind hatte mich die Großmutter in die Arme genommen, *das haben wir gleich*. *Das haben wir gleich*, sagte Irene und sah wie ein Pornostar aus, *das haben wir gleich* und zog eine Rakete ins Zimmer, *wunderschön*, sagte ich und stellte ihr ein Bein, *das haben wir gleich*.

Ich schrak auf, als der Mann mich stupste und faulzahnig grinsend auf seine Habseligkeiten zeigte, *can you look after this. Yes, I can. And what should I do. Nothing, just lie closer to my things. Yes, I can. Hungry? Yes. Bread? Yes, thanks*. Der Mann roch stärker, wenn er sich bewegte, der Mann roch, dass es mich reckte, wahrscheinlich war ich hypersensibel, *toothpaste?* Der Mann grinste, *toothpaste? Bread and toothpaste? Yes, bread and toothpaste*, nun grinste auch ich, den Mann so erheiternd, dass er sich vor Lachen ins Gras setzen musste, *bread and toothpaste, bread and toothpaste*, Körpergeruchsfest.

Ich grub, während der Mann hinter Bäumen verschwand, die Zahnbürste aus meiner Tasche; *thank you*, sagte ich und nahm bread and toothpaste in Empfang, *my place*, sagte der Mann und zeigte auf Schlafsack und Tasche, *okay*, verteidigen sollte ich, groggy wie ich war, den Platz im Fall des Falls. *Jail of Socrates*, sagte der Mann noch einmal, und zeigte nach oben. Dann brach er auf, blieb vor den alten Pinien stehen und winkte mir zu, fast fröhlich.

Es ist dir unbenommen dein Leben in einem Slum mit den Armen zu teilen, Griechenland ist ja ein vielversprechender Anfang, der Satz kratzte nicht, solang ich mich nicht rührte und die Zikaden hörte. Ich müsse Elena und Jakob unbedingt von der Heiterkeit des Sokrates erzählen, kam mir in den Sinn, von diesem Jenseits, Jakob, das man manchmal so deutlich spürt, dass man singen und Unfug machen will, obwohl man nicht weiß, ob es tatsächlich existiert. Und, Elena, das Gefängnis des Sokrates ist nicht wirklich das Gefängnis des Sokrates.

✦

Ich erwachte im Frühlicht und sah den Kameraden ohne Obdach neben mir atmen, als liege er in Abrahams Schoß, den ich, Georg Salomon, schon lang verlassen hatte oder verscherzt oder verwirkt oder verhökert, *verhökert;* Großmutter hatte die Zauberformel gekannt, *sicher bist du wie in Abrahams Schoß*, oder ich war im Wurstkessel, da warst du noch in Abrahams Wurstkessel. Jetzt schlief nur mein Nachbar dort – wobei es fast zynisch war, dem Mann dort die Geborgenheit eines Schoßes anzudichten, während er sich wahrscheinlich bloß wegbeamte, weg von der Scheiße. Vielleicht trug Irene Konstantins Pullover und Konstantins Socken, weil ihr kalt war am Morgen, vielleicht frühstückten sie gemeinsam im Cockpit und Irene erkläre die Notwendigkeit von Gewalt in Phasen des Übergangs, Gewalt, die sich gegen die Ausbeuter und Unterdrücker richte, die den erstohlenen Reichtum schamlos vergrößerten auf Kosten der Armen, und in Griechenland sei die gesamte Mittelschicht verarmt, ist dir das bewusst, Konstantin, von der Umwelt ganz zu schweigen und vom Raub an den kommenden Generationen – nur gegen die richte sich die Gewalt, die unbelehrbar seien und gegen die Strukturen, die sie entwickelten.

Good Morning, sagte der Mann und ich grüßte zurück. *Breakfast*, fragte ich, *may I invite you? What? Plaka – eating breakfast, I'll pay*, sagte ich und der Mann grinste faulzahnig, *yes. Shower?*, fragte ich, *no*, sagte der Mann, *me, washing and teethbrushing*, sagte ich, *okay*, sagte der Mann, die Schultern hebend. Gemeinsam gingen wir zum Verschlag, füllten Wasser in den Beutel und ich stellte mich drunter, putzte die Zähne, dann hielt mir der Mann grinsend eine Spiegelscherbe hin, *beautiful?*

Schlafsack, Decke, Kartons räumten wir in den Felsspalt zurück, in dem Flaschen, Dosen, Taschen und ein Stoß Kartonplatten lagen. Der Mann schob Bretter vor den Spalt, löchrig seine Hose, fleckig sein Shirt, eklig, aber ich sagte nicht, dass er sich was Frisches überziehen solle. *Vielleicht verwechselst du Pazifismus mit Feigheit, vielleicht seid ihr Pazifisten nicht friedfertig, sondern bloß feig, bequem und feig*, hatte Irene gesagt, als ich von Gewaltlosigkeit schwadroniert hatte, auch *schwadronieren* kam von Irene, *du kannst von Pazifismus nur deshalb so schwadronieren, weil du hinter den Sieben Bergen wohnst.*

✦

No, sagte der Kellner, als er Alexandros, den Kameraden ohne Obdach, sah, und zu mir sagte der Kellner, *you are our guest, but not this guy, we know him.* Der Mann grinste, mir war es peinlich, gingen wir halt weiter, reihte sich ja Lokal an Lokal und Ärger staute sich im Bauchraum, der beim nächsten Rauswurf, *come on*, groß wurde, als wüchsen mir Kräfte zu, als müsste ich da mal Partei ergreifen, als sei ich dazu auserkoren, mich für die Outcasts der Welt zu positionieren, die Muskel kontrahierten, ich verlangte, dass sie diesem Herrn ein Frühstück servierten, ich verlangte es lautstark, den Kellner fixierend, *breakfast for two, please.*

Der Kellner rief seinen Kollegen, einen bulligen Mann, *would you leave now, please*, sie bauten sich auf, *okay*, räumte ich halt das Feld, zumal der Herr, um den es ging, verschwunden war. Die Touristen am Nachbartisch musterten mich, den bizarren Helden, den sozialutopischen Spinner, der ihnen einen Sandler vor die Nase setzen wollte, und das im Urlaub.

✦

Ich trug einen Arm voll Kartonplatten aus Alexandros' Felsspalt und legte sie ins Gras. Nahm Stift und Messer aus der Tasche, zeichnete Frauen, Männer und Kinder auf die Kartons, schnitt sie aus; die Beine ließ ich um ein Drittel länger, damit ich sie falzen und zurückbiegen konnte. Farbe würde ich noch besorgen, damit ich Gesichter und den Text malen konnte, *HOMELESS. Projekt sponsored by EU* – Figuren würden vor Lokalen, in Straßen und auf Plätzen stehen, *HOMELESS. Projekt sponsored by EU*, Touristen würden mit Figuren unterm Arm ins Flugzeug steigen, *HOMELESS. Projekt sponsored by EU*, womöglich stieg ihr Wert und Händler boten eine Stange Geld.

Beinahe heiter war ich, als ich die Figuren über den Schlafplatz und vor dem Verschlag verteilte und ihnen Steine auf die Füße legte, dass sie nicht umfielen oder weggefegt würden. Die Schatten waren schon lang, als ich fünf Figuren zur gepflasterten Straße trug und ein Schild vor sie stellte, *ART PROJECT. Don't touch please*.

Ich musste mich hinlegen, der Kopf zersprang mir fast. Dann stupste mich eine Hand, *you are an artist, you are an artist*, sang Alexandros, der Kamerad ohne Obdach, begeistert. Und klar, besorge er Pinsel und Farbe, wenn ich ihm Geld gäbe, *and more of the boards, if I want*. Die Kartonreste schob er für mich zusammen und holte die Decke aus dem Verschlag. Ich rollte mich auf die Unterlage, zog die Decke hoch, glücklich und schmerzgeplagt, *you are an artist, you are an artist*.

Als ich erwachte, schien die Sonne schon warm auf mich; die Kanten der Kartonstücke drückten in meinen Körper, Alexandros hatte eine zweite Decke über mich gebreitet. Ich stupste Alexandros und drückte ihm ein paar Scheine in die Hand, *I'll be back at twelf to paint*

the faces, if the colour were here. Yes, twelf o'clock. Antío.
Der Kopfschmerz war erträglich.

✦

Der Luxus in Konstantins Wohnung stieß mich ab, Irene hatte Recht, ich war ein reicher Stinker, ein pseudophilantropisches Arschloch, das sein Gewissen beruhigte, ohne strukturell was verändern zu wollen. *Wir brauchen eure Kohle nicht, wir brauchen euren Willen, gerechte Strukturen zu entwickeln, die paar Kröten, die ihr uns rüberschiebt, zementieren die Ungerechtigkeit bloß.*

Papa, melde dich, Papa, wo bist du, Papa!!! Bei uns ist eine Notsituation!!! Erst war ich erleichtert, weil ich Jakob und Elena unversehrt sah, aber sie waren verzweifelt. Klaus sei einfach weggefahren, weil er sich das nicht gefallen ließe. Jakob weinte und auch Elena war den Tränen nah. Was eine Hure, was eine Fickmaus sei. Begriffsklärung, und nein, Mama sei keine Hure und Mama sei keine Fickmaus.

Was Mama eigentlich zum Ganzen sage. Dass sie die Assistentin vom Guru ist, und dass Klaus, sobald er sich entwickelt habe, nicht mehr eifersüchtig sein wird und Eifersucht ein schlimmes Geistesgift ist, das man transformieren muss. Und Klaus hat gesagt, dass der Guru ein Bock ist und Mama naiv, weil sie nicht merkt, dass der Guru sie nur ausnützen will. Das ließ ich unkommentiert. Wo Christine denn sei. Zum Guru gefahren. Eine Lachnummer eigentlich.

Dieter würde am Abend kommen und übers Wochenende bleiben.

Erst jetzt fiel mir ein, dass die Kinder in der Schule sein müssten. Sie seien zu Hause geblieben, weil es eine Notsituation sei. *Es ist eine Notsituation, Papa.* Auch hätte ich versprochen, ins nächste Flugzeug zu steigen, wenn sie mich brauchten. Jetzt begann auch Elena zu weinen. Und Christine habe gesagt, dass ich kommen solle, weil ich eh zum Aufpassen dran sei. Außerdem habe sie Energie geschickt, damit alles gut würde.

Tatsächlich eine Notsituation. Ich gab den Kindern klare Anweisungen. Ihr zieht euch jetzt mal an und fahrt zur Schule, es ist erst 9.00 Uhr. Dann bleibt ihr in der NAMI, fahrt mit dem Schulbus nach Hause, heizt ein und spielt Sagaland, bis Dieter kommt. Wann ich käme, ich hätte es ihnen versprochen, *wann kommst du, Papa? Okay. Ich werde am Sonntag bei euch sein, ich muss nur schauen, wann die Flüge gehen.*

Ob Klaus wütend gewesen sei. Nein, er habe ganz ruhig geredet. Sein Geist sei entwickelt, habe er gesagt, aber er könne gerade denken und sehe, dass der Guru Christine ausnütze und Christine ihm hörig sei. Was hörig heiße. Wieder Begriffsklärung. Und wieder Tränen, Klaus habe gesagt, der Guru sei auf den Petermichl-Hof scharf, weil er ein ideales Zentrum für ihn und seine Jünger wäre. Ob sie dann weggehen müssten. Auf keinen Fall, der Hof gehöre Mira und Mira würde das nie zulassen. Und wenn Mama nie mehr komme. Mama liebe sie, das wüssten sie doch. Ob sie versucht hätten, sie anzurufen. Es melde sich nur die Mailbox. Ob sie eine Nachricht draufgesprochen hätten. Doch, aber es habe nicht geholfen. Sie habe ihnen ja gesagt, dass sie bei ihnen sei, auch wenn sie sich nicht melde, und dass sie das spürten, wenn sie sich konzentrierten. Auch das ließ ich stehen (obwohl es eine Sauerei von Christine war). Okay, ich würde jetzt gleich den Apfalter anrufen und fragen, ob er sie in die Schule fahre. Der Apfalter würde in ein paar Minuten bei ihnen sein. Ich würde nur dann noch einmal anklopfen, wenn er keine Zeit habe. Wenn sie aus der NAMI zurück kämen um fünf, würde ich mich wieder melden.

✦

Der Apfalter hatte Zeit. Jakob und Elena konnten in der NAMI bleiben. Ich hatte mich ins Zeug gelegt und mit Nachdruck geredet.

Den Frühflug nach Heraklion buchte ich für Samstag, für Sonntag zu Mittag den Rückflug nach Wien. Ich musste ein paar Figuren vor Irenes Felsenhäuschen stellen, ich konnte nicht anders. Die letzte Nacht würde ich in Irenes Wohnung schlafen, die Gediegenheit war zu dick aufgetragen hier für mich alleine. Ich packte den Laptop und mein Zeug in die Tasche, legte den Schlüssel in ein Kuvert, warf es ins Kästchen neben der protzigen Tür im Parterre und machte mich auf zum Freund am Philopappos, der mich an den Petermichl erinnerte, wortkarg wie er war und nicht gewürdigt,

gewürdigt nur von den Gräsern und Bäumen, wahrscheinlich glaubte er, ähnlich schräg wie der Petermichl, an den Himmel.

✦

Ein bizarres Grüppchen bildeten wir, Alexandros, drei obdachlose Freunde und ich. Ich konturierte die Figuren, zwei Freunde schnitten die Figuren aus, zwei schrieben den Text auf die Figuren, *HOMELESS. Projekt sponsored by EU*; dann malte ich den Figuren Gesichter, Männer-, Frauen- und Kindergesichter.

Beim Reden halfen Hände und Füße; die Politik, so viel verstand ich, fanden sie schlecht, weil viele arm geworden seien und weil die Armen bluteten; Janis und Kostas waren, scheint's, im Gefängnis gewesen und immer wieder Sokrates, so einer fehlt.

Am Nachmittag berührte mich Alexandros an der Achsel und grinste zu den Figuren hin, *they begin to smile*. Ich trat zurück, den Pinsel in der Hand, grinste auch, *stimmt, maybe it's you, Alexandros*. Äolus solidarisierte sich mit uns und blies im Nu die Farbe trocken, damit wir die Figuren ineinander stellen und in den Felsspalt tragen konnten.

Ich musste mich jetzt sputen, *I'll see you tomorrow at nine, thank you, my friends, antío, see you tomorrow*; weil alles sich drehte, musste ich kurz innehalten und den Baum anstarren, *we'll take care*, rief Kostas und schwenkte den Arm. Vierzig Minuten Gehzeit waren es zu Irenes Wohnung, oder ich nahm ein Taxi, *ja, ein Taxi, ja, ein Taxi an der Straße unten*: Die Wörter, die ich mir vorsagte, halfen mir, die Füße zu setzen, den linken vor den rechten, den rechten vor den linken Fuß.

Wie ich erleichtert war, als ich im Wagen saß, *thanks, Leben* – und mach dir kein Bild, und mach dir ein Bild, vielleicht rettet der Blick, der Landauer-Blick, der Möglichkeiten in die Welt hineinsieht, weil es ja anders zu leben gilt. Die Fingernägel drückte ich in die Daumenballen, dass sie den Magen verschlossen, nicht kotzen, nur schlafen, der Fahrer wird den Weg schon wissen.

Ein leichter Stups dann, *we have arrived, ja, danke*, und extra Trinkgeld, *fürstlich,* ein fürstliches Trinkgeld – auch so ein Großmutter-Wort.

✦

Die Straße ging ich entlang bis zur Haustür, die mir eine Frau in schwarzer Bluse in die gestreckte Hand öffnete. Ich musste mich am Handlauf festhalten, übel wie mir war; den Laptop legte ich auf den Fußabstreifer, damit ich den Schlüssel am Taschengrund ertasten und anstecken konnte; *das gibt's doch nicht,* ich versuchte den Schlüssel andersrum anzustecken und wieder andersrum, ich stemmte mich gegen die Tür, ich hockte mich hin, das Schloss zu prüfen und es noch einmal *mit Gefühl* zu probieren, ich trommelte gegen die Tür, die haben das Schloss ausgewechselt, scheiße, die haben einfach das Schloss ausgewechselt. *Die Kinder*, es war siebzehn Uhr, ich setzte mich auf den Fußabstreifer, fuhr den Laptop hoch.

Ich beruhigte und versprach, ich hörte zu, erzählte und ermutigte, bis Jakob Dieters Auto hörte, *das anders als das Auto vom Apfalter klingt*, und ich Dieter ins Bild kommen sah und ihm zuwinkte und die Verbindung unterbrach, weil ich mich übergeben musste. Den Laptop rückte ich von der Soße: von der Kotze, die über den Rand der Fußmatte rann.

Vielleicht war ich eine Figur, die jemand verschob, vielleicht war auch Irene eine Figur, oder Irene war die Spielerin und hatte sich verkalkuliert. *Wir dürfen Anarchismus nicht mit Terrorismus verwechseln, Irene, Anarchismus muss gewaltfrei sein.* Und die Kotze vor der Tür ist keine Botschaft, Irene, nicht mal ein Zeichen, oder doch, eine Leibschrift.

Auf wackligen Beinen ging ich zu einem Hotel zwei Gassen weiter, checkte ein.

✦

Die Freunde ohne Obdach hatten den Produktionsprozess optimiert und zwei Schragen samt Platte organisiert, auf die sie Karton um Karton legten, damit ich die Figuren konturiere, die sie mal genauer, mal weniger genau ausschnitten und beschrifteten.

Wenn ein Grüppchen Papp-Figuren fertig war, hielt ich inne, öffnete die Dosen, tauchte den Pinsel in die Öffnung, streifte ihn ab und malte die Gesichter;

Alexandros hielt von hinten dagegen, dass die Figuren nicht kippten, wenn ich mit dem Pinsel drüberfuhr.

Dann aßen wir gemeinsam und ich gab jedem zwei Scheine, und sie bedankten sich, als sei ich ein Gönner, ein Gottchen, das das Füllhorn über Habenichtse leert, nein, es ist das Honorar, das euch zusteht, nein, so etwas gibt es in Griechenland nicht.

Sie würden die Figuren aufstellen, wenn die Kameras bereit stünden auf dem Syntagmaplatz, auf dem Omoniaplatz, in Exarchia. Die Fotos würden sie mir schicken, *we don't have house but smartphone. Troika and television will come next week and figures go all over the world, HOMELESS, project sponsored by EU. Yes, thanks a lot* and hug, and hug.

Ich legte sechs Papp-Figuren in den Kofferraum und stieg ins Taxi, das mich zum Airport brachte; die Tasche lag zum Bersten voll am Riemen neben mir.

Die Straße zwischen City und Airport sei in fast allen Städten besser als der Rest, sagte ich zum Fahrer, der nickte und grinsend fragte, ob er sich eine Zigarette genehmigen dürfe.

✦

Ich landete am Airport Iraklio Nikos Kazantzakis in Kreta on time. Die Figuren holte ich vom Schalter für Sperrgepäck, stellte mich beim Schalter für Mietwagen an, wechselte Freundlichkeiten mit der Dame hinterm Tresen, füllte den Bogen aus, zahlte. *Wo kein Geist und keine innere Notwendigkeit, da ist Gewalt, Reglementie-rung, Staat.* Ohne Regeln kommst du nicht aus, Irene, sagen wir, Anarchismus ist dort, wo es möglichst wenig Regeln gibt. Und wann kann es möglichst wenig Regeln geben? Wenn etwas wie Sittlichkeit existiert. Stellt sich Sittlichkeit von selbst ein, sobald man in Freiheit lebt, Irene?

Vielleicht sind Konstantin und Irene ein Paar, *sorry, Georg, wir haben nicht mit dir gerechnet. Sorry, Konstantin, ich hab auch nicht mit dir gerechnet.* Hab mich gesehnt. *Ich hab mich nach dir gesehnt, Konstantin.* Dabei wusste ich, dass Konstantin und Irene noch nicht auf Kreta sein konnten. Ich sperrte das Auto auf und tippte das Ziel ins Navi, das die kürzeste Strecke anzeigte, VOAK/A90/E75, zwei Minuten, dann auf die EO Irakliou Faistou eine Dreiviertelstunde bis Agioi Deka, dann weiter nach Vagionia, ab dort kannte ich den Weg, erst durch Loukia, dann die Serpentinen hoch.

Durch die Gewerbezone fuhr ich hinter einem Lieferwagen, Müllcontainer standen am Straßenrand; an Märkten, an Imbissbuden fuhr ich vorbei und an heruntergekommenen Wohnanlagen. Der Wind trieb Plastikfetzen über Böschungen, der Wind trieb Wolken über den Himmel, wie Krapfen, ja, wie Krapfen, Maja.

✦

Du bist schön und du bist schön. Mein Herz schlug schneller, als ich vom Sattel aus das Dorf mit der

Felsnase sah, unter der Irenes Häuschen stand. Ich holte Schwung, der mich bis unter den Türsturz brachte, damit ich die Für und Wider meines Besuchs nicht länger repetieren musste.

Eine alte Frau öffnet mir, *Irene?* Die Frau schüttelte den Kopf und schloss die Tür. Ich klopfte noch einmal, die Frau schob die Gardinen zur Seite und schaute an mir vorbei aufs Meer, mir bedeutend, dass sie nicht öffnen würde.

Ich holte die Figuren aus dem Kofferraum, ging die schmale Treppe zur Terrasse hoch und stellte sie auf, Steine zum Beschweren holte ich vom Gassenrand. Dann setzte ich mich in die Taverne, genau an den Platz, an dem ich mit Irene gesessen war und trank Wein, trank, bis mir die Täfelung, die Amphoren und bemalten Teller nicht mehr nahetraten und mich Narr und Idiot hießen. Ich wischte Brösel vom Plastiktischtuch, sah Irenes Hand, die ich gestreichelt hatte. Als wär's ein Film und Fine.

✦

Ich wachte auf, irgendwie heiter, trotz des schlechten Geschmacks im Mund und der Sicht auf die eigene Lächerlichkeit, die ein doch beträchtliches Ausmaß erreicht hatte. Den Ginster sah ich heller, klarer oder näher, die Narzissen und Anemonen, die Katze, die einen Bogen um den Schutthaufen machte und elegant auf die Fensterbank sprang, die Kuben aus Stein sah ich, die sich so selbstverständlich aneinander schmiegten, die Blüten der Rosmarinhecke, deren Blau ans Herz ging, Spuren von weißer Farbe sah ich auf dem Asphalt. Ich schaute auf die Terrasse, wo die Pappfiguren standen, zwei Frauen, zwei Männer, zwei Kinder. Ich stieg in den Wagen.

ANNA

Herbert

Jemand hatte mich im Traum besucht. Jemand, der
Licht sein kann. In räumlicher Anordnung hatte ich
aberwitzig hell leuchtende Punkte gesehen. Etwas hatte
sich auf den Punkt gebracht, eine andere Wirklichkeit,
hyperreal. Die Lichtpunkte hatten eine Gestalt gebildet,
als säße jemand auf einer Chaiselongue, die unsichtbar
blieb: Sonnen-, Stern-, und Butterlampenlicht. Alche-
mistengold, das rückenschwimmt.

Maja, hatte ich gesagt. Maja. Und mich umgedreht
und bemerkt, wie riesig ich im Verhältnis zu den Licht-
punkten war. Luzid war mir der Traum gewesen: So
gültig hätte ich Maja gehen lassen, dass sie das Andere
ist.

Unter altem Schnitzwerk saß ich, eine Messingschale
mit Blumen und eine Buddhastatue neben mir. *Welcome*,
hatte der Livrierte gesagt und mir die Türe aufgehalten
in eine Welt, die das Leid nicht zu kennen schien, das
einem draußen alle Schritt lang ins Auge stach. Herbert
würde begeistert sein und das ganze authentisch nennen und ich würde sagen, dass das nicht authentisch
sei, weil das Leid draußen gehalten würde durch die
wuchtige Türe, durch die Restaurierungskunst, die alle

194

Wunden akribisch beseitige und durch das beflissene Lächeln der Kellner, die allgegenwärtig waren.

Die Füße stellte ich neben den Teppich auf den Ziegelboden, aus der Vase auf der Eingangsseite ragten Pfauenfedern. Dass der Pfau ein Symbol der Reinheit sei, hatte mir der Mann im Kittel gesagt. Warum, hatte ich gefragt. Weil er das Weibchen nicht berühre. Ich hatte lachen müssen über den Mangel an Ironie, *weil er das Weibchen nicht berühre*.

Herbert würde über die Treppe kommen oder aus dem Aufzug treten, ich hielt mich an den Knien. Plötzlich sah ich Herberts Gesicht frontal und in Großaufnahme, plötzlich hörte ich Maja *Papa* sagen. Als hätte ich dieses Bild zensuriert, als hätte ich nur eine immer gleiche Bilderauswahl zugelassen, Herbert, der Egomane, Herbert, der Neoliberale, Herbert, der Possenreißer, Herbert, das Society-Tier, Herbert, der Liebhaber, Aufreißer samt seinen Frauengeschichten und dem Angeben mit unserer ach so offenen Beziehung. Da trat Herbert durch die Türe, Herbert, kleiner als erinnert und schaute zu mir herüber. Und wurde ein Engel seine Freude, flog zu mir, oder die Breite des Raumes war der Abstand, der die Freude nicht verdarb. Herbert kam näher und der Engel verschwand oder ich warf ihm zu Schweres aus Verletzung und Vorwurf über. Dünner war Herbert geworden, der Gang weniger selbstsicher, vielleicht auch waren es die Sneakers, die er statt der genagelten Schuhe trug. Ich reichte ihm die Hand, Servus, Herbert. Und Herbert fragte, darf ich dich umarmen, Anna. Er zog mich nicht einfach an sich, sondern fragte beinahe schüchtern und meine Hand stach ins Leere und ein Loch in die Zuschreibung. Ich nickte und ließ mich umarmen. Und umarmte Herbert, der Maja getötet hatte und zuvor schon alles überfahren, das nicht ins Konzept vom Erfolg gepasst hatte. Ich begann zu weinen, weil da plötzlich Atemschlitze für den Freudeengel waren. Schluchzte Herbert auf.

Wir standen einander gegenüber, unsicher, als wünschten wir den anderen weg und baten ihn zu bleiben. Als das Stehen und Mustern unangenehm wurde, sagte Herbert, *lass uns Kaffee trinken*; die Frage war vertraut, die Plätze, Gässchen, Ufer, Strände sah ich, zu denen die Frage gehörte.

Wo es den besten Kaffee gebe, fragte Herbert und es störte mich die Frage, der Anspruch, der ihr unterlag. Trotzdem sagte ich den Satz nicht, der mir auf der Zunge lag, sagte nicht, das Beste immer noch gerade gut genug für dich, sagte, *kein Strom, also nirgends Espresso, bis auf die großen Hotels mit eigener Stromversorgung.* Lud Herbert mich mit großer Geste ein. *Nein*, sagte ich und spürte am Hals die Schnürung, *nein*, und schlug einen Spaziergang vor, er habe sich die Beine noch nicht vertreten und noch nichts von der Stadt gesehen.

Das sei nicht wichtig, er sei ja meinetwegen hier. Auch sei er schon auf dem Laufband gewesen und an den Geräten. Aber bitte, wenn ich wolle: gehen wir halt spazieren. Er schlug den Therapeutenton an, den ich widerlich fand oder ich schrieb ihm den Therapeutenton zu.

Vielleicht ist alles Fiktion. Kino, Konstrukt, hatte der Mann im Kittel gesagt. Herbert berührte mich wieder mit dieser Scheu, und ich dachte, dass ich keine Angst haben müsse, weil seine Scheu mich vor den Tentakeln, die würgen, schütze.

Er holte die Sachen aus dem Zimmer, ich blieb und schaute den Japanerinnen zu, wie sie sich an den Tisch neben die geschnitzte Säule setzten – auch das war Zuschreibung, dass die gleißenden Lichtpunkte, die schwebend rückenschwammen, Maja waren.

Wir gingen nebeneinander, redeten: Smalltalk, für den wir beide ja Experten gewesen waren, bis ich zu wenig Luft bekam. Es war mir unangenehm, im Gedränge Herberts Unterarm zu berühren oder an seine Achsel zu stoßen. Herbert war angewidert vom Dreck, der knöchelhoch am Straßenrand lag und sich alle paar Meter zu Haufen türmte, Herbert war angewidert vom Gestank, der über den ungepflasterten Gassen hing und von den Bettlern, die am Boden hockten und an seinem Gewand zupften oder ihn mit Kindern auf dem Arm stupften, *milk for my baby, milk for my baby, please*.

Ich ging voraus, als das Gedränge zu dicht zum Nebeneinandergehen wurde, spürte hinter mir Herberts Ekel und seine Betroffenheit.

Dann weitete sich die Gasse und der Stupa lag vor uns. Wir betrachteten die Menschen, die mit Malas und Gebetsmühlen um den Stupa gingen, wir betrachteten die Gebetsfahnen, die im rosa getönten Licht sich bewegten, wir schauten auf die alte Frau, die die Tauben fütterte, auf die Westler, die die räudigen Hunde versorgten, wir hörten die Menschen *Om mani padme hum* rezitieren.

Herbert stand neben mir. Herbert war still. Und ich war froh, dass er nicht alles in die Sprache zerrte. Er konnte schweigend die Menschen, die Dinge anschauen, das Licht. Herbert war nicht der Benennungsfetischist, den ich erinnerte.

Wir fügten uns ein, gingen mit den Menschen um den Stupa, setzten die Füße weniger sicher, als könne der Boden verschwinden, als könne sich ein Graben auftun oder die Beine ihre Tragefunktion verlieren. Wir gingen, bis wir einander weniger fremd waren und die Hingabe der Menschen um uns spürten.

Maja kam zu uns, zärtlich. Wir sahen Maja Blätter, Steine, Wörter oder was sie sonst noch aufgelesen hatte, zeigen, wir sahen Maja die Hände um uns legen, sich an uns schmiegen, wir sahen Maja Theater spielen, sich kostümieren, wir sahen Maja sich über einen Baum, einen Brief, die Sonne freuen. Wir sahen Maja mit offenen Armen auf uns zulaufen und uns zum Abschied winken, wir sahen Maja auf dem Asphalt liegen, das sterbende Kind, sahen den Sarg auf der Bühne, wir sahen Maja winken und Veilchen setzen im Garten, Veilchen, die sie am Waldrand ausgegraben hatte. Tränen rannen uns über die Wangen, wir gingen schweigend und spürten, dass der andere ähnliche Bilder sah. Geschah das mit uns.

Ein Sadhu schaute Herbert an, der seinen Blick erwiderte und in die Opferschale einen Geldschein legte. Der Sadhu malte Herbert ein Tika auf die Stirn und Herbert verzog den Mund, ohne dass ich sagen konnte, ob er traurig oder überheblich wirkte, dann ging er weiter, verharrte vor den Schreinen, wischte seine Tränen in den Ärmel.

Herbert ging ins Hotel und ich ins Guesthouse zurück. Ich legte mich ins Bett und weinte, schlief ein. Im Traum saß Herbert neben mir, wir sahen auf Rikschas, die Gässchen ins Gewimmel legten, Herbert hielt Maja im Arm.

Ich ging hinaus und stellte mich an die Balustrade, schaute den Sternenhimmel und die Lichter an, nickte in den Traum zurück, nickte Herbert zu. Dann hörte ich Herbert, *alle Häuser mit Notlicht haben Aggregate im Keller*, sagen und: *Aggregate sind westliche Erfindung. Und westliche Erfindung hat Individualität zur Grundlage. Ein Ich als eigenständige Größe. Was ist Glück*, hörte ich mich fragen und Herbert hörte ich sagen, *wenn ein Plan aufgeht, wenn ich was Schönes sehe, wenn ich jemanden treffe und eine gemeinsame Schwingung spüre*. Und ich, *gibt es deshalb so viele Swingerclubs*.

So hatten wir uns unterhalten, so unterm Balken, der meistens dann gefallen war.

Beim Frühstück erzählte ich Herbert, wie zärtlich er Maja im Traum gehalten habe. Und Herbert war still, lachte kurz. Wie es ihm gehe, fragte ich, und Herbert sagte, dass es ein Unfall war, *es war ein Unfall, Anna*.

Und manchmal, sagte er, habe er den absurden Gedanken, Maja sei ihm absichtlich ins Auto gerannt. Maja wollte, dass wir zusammenbleiben, *Maja wollte uns beide behalten, nachdem sie schon einmal ihre Eltern verloren hatte.*

Damit nicht hier schon wieder Ende war, damit ich nicht wieder sagte, ich also bin schuld, ich wollte die Scheidung, rief ich die Lichtpunkte, die Maja waren, rief ich Liza, damit sie mir über den Arm streiche.

Im Traum, sagte ich, bist du dann aufgestanden und mit Maja an der Hand durch eine Glastür getreten. Ich zitterte ein wenig. Ich habe Maja gehen lassen. Es ist mir sehr schwergefallen. Allein hätte ich das nicht können. Eine Frau hat mir geholfen; ich nenne sie *Engel*, weil sie konventionelles Denken hinter sich lassen will.

Schau dir das Elend hier an, sagte Herbert, es lebe das konventionelle Denken, das Dinge logisch zu verknüpfen versucht, es lebe die Aufklärung, ohne die es den Wohlfahrtstaat, auf den gerade ich so poche, gar nicht gäbe.

Trotzdem. Wenn die Frau nur konventionell dächte, hätte sie mir nicht helfen können.

Woher bitte weißt du, sagte Herbert, dass die Frau nicht konventionell denkt. Vielleicht sammelt sie Gutpunkte für den Himmel oder Credits für eine bessere Wiedergeburt. Was heißt schon nichtkonventionell: dass du kausale Konzepte ins Metaphysische verschiebst.

Ich sprach sehr leise, weil der gefallene Balken ja Angriffszeit markierte und ich nicht kämpfen wollte.

Eigentlich meine ich Freude. Als ich Maja im Waisenhaus abgeholt habe vor vier Jahren, habe ich diese
Freude kennengelernt. Auch deshalb bin ich mit Maja
auf den Ginthof gegangen, aber das habe ich dir schon
gesagt.

Wir waren eine Zeit lang still, dann sagte Herbert,
sorry, er könne da nicht mit. Warum ich nicht einfach
sagen kann, dass ich eine Sinnkrise, von ihm aus: eine
Art Burnout hatte und mich finden habe müssen und
wohl auch erfinden. Und mich dabei in den Bauern oder
Wirt oder was immer der Mann war, verliebt hätte und
mich deshalb scheiden lassen wollte.

Das stimmt nicht.

Wir schwiegen, hörten das Aufsetzen der Tassen am
Nachbartisch, hörten Räuspern, Wörter, Satzfragmente. Ich fuhr mit dem Zeigefinger über den Tellerrand,
ich habe aus der Gier wollen, es ist mir, als ich Maja abgeholt habe, bewusst geworden, dass Gier und Freude
verschiedene Sterne sind.

Die Schritte, die ich hörte, gehörten nicht zu den
Gästen, die kamen und gingen oder zu den Kellnern,
die Tee nachgossen, das Husten gehörte nicht zur Frau
am Nachbartisch und die Wörter nicht zu den Männern
neben mir. Die Geräusche verschmierten; *ich habe eine*
Zeit lang auch gedacht, Maja sei absichtlich ins Auto ge-
rannt. Weil sie dich glücklich sehen wollte, ihren Vater,
weniger eingespannt, nicht so gefangen, die Seele nicht so
ans Geschäft gebunden. Du hast ja die Zeichnungen und
Briefe von Maja bekommen. Komm, Herbert, hier sind wir

glücklich, komm, Herbert, hier haben alle eine Zeit, eine
*Zeit hat Maja immer gesagt. Jeden Tag hat Maja für dich
gezeichnet, jeden Tag Bäume, jeden Tag Wolken, Himmel,
Blumen, Kinder, ihre Mama, täglich eine Zeichnung, die
dir hätte zeigen sollen, was dir fehlt und warum du traurig
bist im Grunde deines Herzens.*

KLAUS

Ich denke, es war ein Sprung

🐦 Ich mutmaßte, dass diejenigen unter den Ginthofleuten, die täglich duschten, Verkehr hatten oder Verkehr wünschten, nur dem Schamanen unterstellte ich
eine Robustheit in olfaktorischen Dingen, die Aktivi-
täten trotz hygienischer Zurückhaltung wahrscheinlich
erscheinen ließen.

Christine und ich duschten nebeneinander, wir kochten
und jäteten und jede Bewegung erotisierte mich, ich
ging auf leichteren Beinen.

Georg begann zu riechen, obwohl er behauptete, sich
regelmäßig im Bach zu waschen, was ich unkommentiert ließ, weil er litt wie ein Hund.

Wenn wir abends ums Feuer saßen, gesellte sich Georg
manchmal zu uns und erzählte von Landauer, zitierte
ganze Passagen, die sein Monstergedächtnis memoriert
hatte, Passagen, die eine sozialistisch-anarchistische
Theorie beschrieben.

Als es tagelang regnete und wir gegen die Klammheit

im Hausinneren beim Kartenspielen Schnaps tranken, machten sich unsere Körper selbständig und schafften Tatsachen, unelegant und verletzend für Georg.

Wir erstellten einen Plan fürs Liebesnest, weil es nicht mehr nur von Mira und Dieter, sondern auch von Christine und mir bespielt werden würde.

Ich pflückte Sätze von Christines Körper, die ich den anderen weiterreichte in einer Sicherheit, die mich selber verwunderte.

Nie hätte ich Christine solche Offensivität zugetraut, ich wusste, dass ihr Körper hungrig war, aber seine Wollust überraschte mich.

Christine musste Anlauf nehmen, bis sie über den Schatten, den sie sich werfen sah, sprang und mit Georg und den Kindern über die Zukunft zu reden begann.

Die Tage wurden kürzer und drängten uns, die Fest-Idee, die wir so lange schon wälzten, auf den Ginthofboden zu bringen, ein riskantes Unterfangen, war das Verhältnis zwischen uns und den Hiesigen doch komplex (*komplex*, auch so ein Brüder- und Schwesternwort).

Der Schamane schwor uns aufs Glauben ein (wie alle mit ähnlichen Ansätzen operieren), Glauben, das für das Gelingen des Festes entscheidend sei und im Engagement für das Fest seinen Ausdruck fände.

Wir waren alle bei der Sache, sogar Georg und ich kamen einander näher, auch wenn mir die Festvorbereitungen kindlich erschienen, kindlich, nicht kindisch: als versetzten wir uns in eine Zeit, in der wir vor Eifer noch rote Backen bekamen.

Ich surfte auf dem Begehren und summte überzeugend mit im Kleinklein, teilte Einladungen aus, holte den Griller beim Keuschnwirt, kaufte beim Metzger im Nachbarort ein, den die Bauern belieferten.

Das Fest war sehr schön, als wollte sich das Leben, ja, so sagten wir, als wollte sich das Leben feiern, und alle, auch die wehrhaften Christenmenschen, sogar der liebe Herr Pfarrer, waren sehr angetan.

Das Verhältnis zwischen uns und den Hiesigen wurde für kurze Zeit gedeihlich, *gedeihlich*, das Wort hatte jemand von uns Ginthofleuten eingeführt und der Herr Pfarrer hatte dazu eine Predigt geschrieben.

Das Regenwetter und die Zukunftspläne, die abends ausgebreitet wurden und Abschied enthielten, machten uns melancholisch, wir gingen vorsichtig miteinander um.

Maja! Maja!

Vielleicht war es Beten, oder ich sprach einfach weiter mit Maja, es war ja so, als ob ihr Tod nicht wirklich sei.

In den Ritualen spürten wir Majas Nähe, oder wir tanzen die Nähe herbei, irgendwas mussten wir tun.

Herbert war ein gebrochener Mann, er hatte Maja überfahren, oder Maja war ihm ins Auto gerannt, als Anna und sie ihn besucht hatten.

Gebrochen-Sein scheint nicht vor Kitsch zu bewahren; Herbert sorgte für ein Blumenmeer, für frömmelnde Texte und ein bizarres Sitarspiel, dem Anna Einhalt gebot, indem sie ans Pult ging und von Maja zu erzählen begann.

Annas Gefasstheit erschreckte mich, als sei sie von einem anderen Stern, Maja würde sie weiter an der Hand nehmen, um ihr Kälber, Welpen und Käfer zu zeigen, sie würde Maja weiter vorlesen und Maja würde ihr weiter erzählen.

Georg verkroch sich wieder im Atelier und kümmerte sich nicht um Jakob und Elena, ein leidiges Thema.

Anna brach nach Nepal auf, wo sie Maja vor ein paar Jahren adoptiert hatte, und alle drängten weg vom

Ginthof, nur Georg wollte bleiben.

Meine Trauer um Maja vermischte sich mit der Freude über die Möglichkeiten, die Mira Christine und mir auf dem Petermichlhof eröffnete: wir dürften dort nachhaltig – das war Mira wichtig – wirtschaften.

Wir kümmerten uns um die Renovierung, für die Mira (oder die Petermichl, wenn man so will) Geld bereitgestellt hatte und wir switchten kommunikationstechnisch ins 21. Jahrhundert, legten Leitungen fürs Internet, kauften Handys.

Gemeinsam mit Jakob und Elena schmirgelten wir Holzstückchen, gossen Schwimmkerzen, zupften Efeu und Fichtenzweiglein, die wir in eine Schale legten und wir sangen für Maja (und wohl auch für uns).

Rauer Wind schob uns an, dass wir das Kleinklein der Kommunenwirtschaft hinter uns ließen, nur Georg kam manchmal zu uns herauf, um mit leeren Hosen zu stinken.

Georg fuhr weg, wann immer es ihm in den Kunst-Kram passte, wir müssten verstehen, *er müsse, er müsse.*

Es fiel Christine und auch mir nicht leicht, in Jakobs und Elenas Gegenwart nicht über Georgs Egoismus herzuziehen, den er andauernd umdeutete: schönredete.

Christine besuchte Seminare für ganzheitliche Spiritualität, die sie beflügelten, auch erotisch beflügelten.

Wenn man sich das Schicksal gefräßig vorstellt, sagen wir als Kali oder so, hätte es Maja sein lassen und mit einem wie mir vorliebnehmen sollen.

Weil Georg gemeinsam mit Jakob und Elena das Gedenken an Maja groß zu zelebrieren begann, hielt ich mich zurück, ein Match auf dieser Ebene schien mir absurd.

Meistens musste ich mich um die Kinder kümmern, was ich gerne tat, auch wenn es nicht immer einfach war, deshalb meldete ich sie für die Nachmittagsbetreuung (NAMI) an.

Wenn Jakob und Elena bei Georg waren, meldete er sie von der Nachmittagsbetreuung ab, was mich ärgerte, weil sie dann auch früher nach Hause kommen wollten, wenn ich für sie verantwortlich war.

Christine, die Kinder und ich gingen in die Kirche, zum Keuschnwirt, ich schrieb mich mit Christine im Sparverein und bei der Feuerwehr ein, eine fürs Landleben unerlässliche Form des Socializing, da waren wir uns einig.

Die Leute verstanden unser Bemühen, das sich auch

Sauberkeit und rurale Bekleidungscodes zu Herzen nahm, und die Leute honorierten Miras Spendenbereitschaft.

Die Kinder waren gern mit mir zusammen, schau, sagte Elena und zeigte auf Krokusse, die aus der winternassen Erde trieben, schmale Laubblätter mit einer hellen Naht in der Mitte.

Wie gut das Frühjahr roch, wie glücklich mich die längeren Tage machten, Mückenschritte, Hahnentritte, Ziegensprünge.

Ich stellte einen polnischen Landarbeiter ein, den ich ein wenig über dem schauerlich niedrigen Kollektivlohn bezahlte, eine Investition, die sich lohnte, hielt mir Karol einen Gutteil der Arbeit vom Leib.

Ich begleitete Christine auf Seminare, deren spirituelle Ausrichtung mich anfangs ansprach, sogar begeisterte, bald aber misstrauisch machte, ohne dass ich sagen konnte, warum.

Im Grunde (ich brauchte einige Zeit, bis ich begriff) ähnelten die Seminare den Meetings, die ich hinter mir hatte.

Da waren Verheißungen und Versprechungen, da war der existentielle Einsatz, der der Größe der Sache entsprach, da war das Glückgefühl, das die Herzen verband und den Verstand ausschaltete.

Meine Einwände hielten Christine nicht davon ab, sich enger an den Esoterik-Kreis zu binden, sie kaufte Pölsterchen, Bändchen, Bildchen, Räucherstäbchen, Hosen und Kleider aus biologischer Baumwolle, alles geweiht – und sie spendete, was mich ernstlich zu wurmen begann.

Christine wurde, wen wundert's, eine hohe Begabung für ganzheitliche Spiritualität attestiert, was sie glücklich machte, und weitere Kurse belegen ließ.

So bescheuert wie Christine war ich auch gewesen, manchmal musste ich die Bilder einfach wegschieben.

Ich vermied gröbere Auseinandersetzungen, damit sich unsere Berichte an Mira auf Gedeihliches beschränken ließen: der Petermichlhof war meine Chance, da waren Agreements der Preis, den ich zu zahlen bereit war.

Wann immer Georg gegen den Eso-Kitsch, der auch die Erziehung der Kinder gefährden würde, zu wettern begann, verteidigte ich Christine, ein absurdes Unterfangen, das auch Spaß bereitete, weil ich Georg trotz seiner Argumente an die Wand spielen konnte, zartbesaitet wie er war.

Wenn ich auch im, sagen wir, Alltäglichen diplomatisch sein musste, hatten wir doch unsere Körper, die sich verstanden, gerade was das Spiel von Lust und Schmerz betraf.

Es war mir ein Anliegen, dass Jakob und Elena die Peitschen und das Bondage-Zeug nicht fanden, deshalb verstaute ich es gewissenhaft unter der Wäsche im Kleiderschrank.

Ich nahm an den Kursen und Zusammenkünften der freiwilligen Feuerwehr teil, was nicht unangenehm war und mich den Leuten näherbrachte.

Jakob und Elena waren von mir als Feuerwehrmann begeistert und ich musste ihnen immer berichten, was ich gelernt hatte; dann schauten wir uns gemeinsam *Grisu, der kleine Drache* an, was mich noch einmal punkten ließ.

Ich vertuschte Christines Eso-Trip: für die Nachbarn zog ich eine Schulung zur Lebensberaterin aus dem Ärmel, Mira und den Kindern tischte ich eine Ausbildung in Modulen für Energiearbeit auf.

Es lief ganz gut eine Zeit lang, wenngleich mir die diplomatischen Interventionen einiges abverlangten, manchmal spotteten die Vögel darüber.

Immer wieder schaute einer der Ginthofleute (die sich in alle Richtungen zerstreut hatten) vorbei und keiner nahm Anstoß an unserer Hofführung (nicht einmal der Schamane), bis auf Georg, der uns des Verrats an den Kommunen-Idealen bezichtigte.

Ich kam nicht umhin, Georg die Frage zu stellen, ob seine Belehrungswut nicht schlicht eine Kompensation seiner Saftlosigkeit sei.

Wir warteten alle auf ein Lebenszeichen von Anna.

Auch wenn mir die Jenseitsbewirtschaftung von Christines Guru ein Gräuel war und auch die christlichen Vorstellungen naiv erschienen, spürte ich manchmal, wenn ich an Maja oder an den Petermichl dachte, eine unbeschreibliche Nähe, als sei das Jenseits eine Verdichtungsmaschine.

Wir freuten uns über die Kälber, die eins ums andere zur Welt kamen und über die Wiese, die wunderbunt – *wunderbunt*, sagte Elena – blühte im späten Frühjahr.

Christine wollte nur noch konventionellen Sex, okay, immer noch hoffte ich, dass sich alles einrenken würde, und wir hatten den Hof.

Der liebe Herr Pfarrer erlitt einen Herzinfarkt und musste ins Krankenhaus und auf Rehabilitation, was dem Dorf Aushilfspfarrer und mir Avancen der Keuschnwirtin bescherte.

Die Angst des Lieben Herrn Pfarrers, sündig vor das Antlitz seines Herrn zu treten, hatte zu einem Ende der Beziehung geführt, vielleicht auch war die Keuschnwirtin der bluthochdruckbedingten Erektionsstörungen des Lieben Herrn Pfarrers überdrüssig.

Christine behandelte mich, als müsse sie Mitleid mit mir haben.

Christine zog sich von den Kindern zurück, sie meditierte, spazierte oder war mit Energieübertragung beschäftigt, die eine Kooperation mit Engeln, Buddhas, der Jungfrau Maria, Thomas von Aquins und wem auch immer bedeutete.

Klaus, Klaus, mein Guru hat mich zur Partnerin erwählt, ich kann nicht nach Hause kommen – Christine, wach auf, der nützt dich doch aus, die Kinder, Christine, unsere Beziehung, was für ein elendes Telefonat!

Ich packte meine Sachen und rief Mira und Dieter an (Georg war wieder mal auf Reisen und Karol auf Urlaub), damit sie sich um Jakob, Elena und die Tiere kümmerten, ich kriegte keine Luft mehr.

Umbringen galt nicht in der Nähe der Kinder.

Max, ich hab dein Leben zerstört, es tut mir so leid, schrieb ich ihm noch einmal.

Ich stieg ins Auto, startete und fuhr am Stall vorbei, an der Tenne, am Wohnhaus, an der Streuobstwiese, an den Tieren auf der Weide, am Wald, an der Kirche, an den paar Häusern, die die Bezeichnung Dorf gar nicht verdienten.

Ich fuhr die Serpentinen entlang ins Tal hinunter, ich fuhr auf der Landstraße Richtung Autobahn, während meine Gedanken im Kreis liefen, immer ähnliche Sinn-losigkeits-Schleifen.

Die Tabletten im Handschuhfach vermittelten mir ein absurdes Freiheitsgefühl, und unglaubliche Angst.

Kein Rastplatz, keine Ausweiche passte, obwohl ich stundenlang unterwegs war – dabei hätte ich das Pul-ver einfach aus den Kapseln kitzeln und in die Flasche schieben müssen.

Dann fuhr ich doch in die Stadt, vielleicht eine Bank im Park oder an der Promenade?

Vor dem Haus meines Vaters blieb ich stehen, startete, fuhr weiter, du bleibst ein Arsch, Alter, und parkte in der Nähe meines alten Büros, löste ein Ticket, legte es hinter die Windschutzscheibe.

Vielleicht war es die Fliege, die vom Petermichlhof mitgekommen war und auf dem Armaturenbrett vor meinen Augen starb, vielleicht war es das Mädchen, das sein Haar gezopft wie Maja trug, vielleicht war es der Hass auf meinen Vater, ich wollte mich nicht mehr umbringen.

Erst als die Gedanken nicht mehr im Kreis liefen, merkte ich, dass die Gedanken nicht mehr im Kreis liefen.

Ich ging durch die Gassen, rechts und links Gründerzeitfassaden, hinter denen sich die hohen Räume, in denen ich mich wohl gefühlt hatte, befanden.

Ich verwarf den Gedanken, zu meinem Vater zu fliegen, um ihm ins Gesicht zu sagen, was für ein Arsch er Mutter gegenüber gewesen war.

Das Café, das ich betrat, hatte in der Nähe meines Stammcafés aufgemacht, ein Holzpaletten-Eldorado, dessen Minimalismus schick gekleidete Leute anzog; der Kaffee schmeckte vorzüglich.

Seit mehr als zwei Jahren hatte ich keinen so guten getrunken, was einen zweiten verlangte, samt Kipferl; dafür langte das Geld, das ich eingesteckt hatte.

Ich flanierte durch Gassen an blühenden Bäumen vorbei, an Sträuchern mit frisch getriebenen Blättern, an

Fassaden aus den siebziger Jahren, die sich wie hässliche Tanten zwischen die Gründerzeithäuser drängten.

Die Leute trippelten eher, als dass sie ausschritten, wahrscheinlich lag es am Schuhwerk.

Der Blick auf die Uhr sagte, zurück zum Auto, das Ticket läuft ab, einfach so, als sei nichts gewesen.

Die Parkraumbewirtschafterin, die mit gezücktem Gerät vor meinem Auto stand und *gerade noch rechtzeitig* sagte, hätte ich am liebsten umarmt.

Nur ich wusste, dass die Fahrt zum Petermichlhof zurück nicht geplant war, vielleicht wussten es auch Maja und der Petermichl, die ich sehr innig spürte.

Elena und Jakob liefen mir entgegen, als hätten sie die ganze Zeit auf mich gewartet.

Ich wischte meine Tränen in den Jackenärmel, gemeinsam mit Mira und Dieter versorgten wir die Tiere, fast zärtlich.

Elena und Jakob wichen nicht von meiner Seite, auch beim Abendessen schmiegten sie sich an mich und wollten, dass ich sie zu Bett bringe und vorlese.

Die Kinder wünschten sich, dass wir gemeinsam im

großen Bett schliefen, weil Christines Seite ja frei und ich für sie verantwortlich sei wie sie für Wessely, ein Ansinnen, das Mira und Dieter merklich berührte.

Als ich zwischen den Kindern mit dem Buch vor mir lag, rückten sie nah, Elena grub ihr Gesicht in meine Hand, ob ich bei ihnen bleiben würde, immer wieder musste ich es sagen, *ja, ich bleibe bei euch, Jakob, ja, ich bleibe bei euch, Elena*.

Die Vorschläge, die ich Mira, Dieter und dann auch Georg unterbreitete, wurden angenommen, obwohl mir die drei nicht wirklich grün waren: ich würde den Petermichlhof weiterführen, bis Christine zur Vernunft käme, und mich um Jakob und Elena kümmern, abwechselnd mit Georg.

Im Traum sagte ich zu Maja, ich gehe jetzt eben zu den Briefkästen hin, weil ich auf dem Petermichlhof wohne.

ANNA

Herbert, Maja, ich

Public Bus. Auf den hatte ich bestanden. Der Lautsprecher plärrte billige Popsongs, es roch nach ranziger Butter, nach Gewürzen und Schweiß, die Leute saßen fast übereinander oder standen dicht aneinander gedrängt, Girlanden aus Stanniol liefen durch den Bus, von der Decke hingen Lametta-Streifen, Herberts und mein Arm berührten sich, auch unsere Knie. Eine Frau im Sari saß mit einem Kind im Arm neben Herbert und fiel in den Linkskurven jedes Mal auf ihn, wie der Alte mit den faulen Zähnen sich jedes Mal an die Mutter mit dem Kind zu schmiegen schien.

Herbert war empört, auch weil ich gesagt hatte, dass das, was er als Zumutung empfinde, für Maja Normalität gewesen war. Er bekam nicht genug Luft und zog sich hoch – sein Körper eingekeilt zwischen der Lehne vor ihm, die auf Liegeposition gestellt war und der eigenen Sitzfläche, die ihm in die Kniekehlen stach. Er schrie auf, hoch und laut, rutschte tonlos auf den Sitz zurück. Das Kind begann zu weinen, die anderen schauten ihn an, ob ihm was fehle, kurze Blicke, die weiter liefen den Girlanden entlang. Ob er Platz tauschen wolle. Ja, bitte.

Herbert wischte sich Tränen mit dem Handrücken von der Wange, drängte sich an die Scheibe, als wolle er dorthin als Abziehbild.

Wir saßen schweigend, das Kind begann nach meinem Haar zu greifen, Maja rufend, Maja, die mir einen Scheitel zog, mein Haar teilte und mit ihren kleinen Händen zusammenhielt, es übereinander legte von unten nach oben, von oben nach unten, immer weiter, bis sie das Gummiringerl überzog. Gummiringerl war eines von Majas Lieblingswörtern gewesen, *ich muss bitte noch das Gummiringerl überziehen*. Ich saß auf dem Schemel mit angezogenen Beinen und sah den Boden und Majas Füße, die sich um mich bewegten. Draußen vor dem Haus steckten Majas Füße in Turnschuhen, traten auf Gras, auf Steinchen und Ameisen, drinnen sah ich sie in Patschen aus Filz auf Dielenbrettern um den Schemel gehen. Majas Atem hörte ich drinnen deutlicher als draußen. Wie Maja hörbar ausatmete.

Ob ich glaube, dass Maja in einer anderen Welt weiterlebe, fragte Herbert, der aufrecht saß und aus dem Fenster starrte, als verbiete er sich den Blick ins Businnere. Ich folgte Herberts Blick, *ich weiß es nicht*, sagte ich zur Scheibe hin, in der Herberts Gesicht auf und ab glitt, wenn der Bus über Schlaglöcher rumpelte oder verschwand, wenn wir in Linkskurven bogen. *Manchmal glaube ich, dass es ein Drüben gibt und Maja dort ist, manchmal glaube ich es nicht. Was ich mir nicht vorstellen kann: dass Maja sich reinkarniert. Nein, das nicht, dann schon eher, dass es ein Drüben gibt, ich weiß es nicht.*

Manchmal würde er gerne solche Sachen glauben, obwohl er rein rational weiß, dass das eine Projektion seiner Wünsche wäre, sagte Herbert. *Maja hat an Reinkarnation geglaubt*, sagte ich.

Er habe auf dem Ginthof Wessely besucht, sagte Herbert, und auch die anderen. Wessely ist eine gute Trösterin, habe Maja in ihrem letzten Brief geschrieben. Er habe Wessely gestreichelt und sich Maja vorgestellt, wie sie mit ihren Händen übers Fell fährt und ist schon gut, Wessely, ist schon gut, sagt. Der Hund habe ein Einsehen gehabt und sei bei ihm geblieben, obwohl er dauernd habe flennen müssen. Georg habe ihn auf Striezel und Tee eingeladen und die meiste Zeit geschwiegen. Die Zeichnung sei ihm eingefallen, die Maja ihm mit Herzen umrahmt geschickt habe, die Zeichnung, auf der zwei Figuren im Regen unter einem Hausdach standen und übers Tal schauten, eine der Figuren habe Georg ähnlich gesehen, oder er habe sich das eingebildet.

Einen Fluss fuhren wir entlang, an Bäumen und Sträuchern, an Sand- und Schotterbänken und an Menschen, die Wäsche wuschen, Sand siebten, Schotter händisch nach Korngröße sortierten. An Weiden, Pappeln und Gesträuch fuhren wir vorbei, an Reisfeldern, die von Erdwällen: Erdstegen umgeben waren, an Keuschen, Häuschen und Gärten, in denen Papaya-Sträucher, Mango-Bäume, Bohnschoten, Zwiebel, Hibiskus und Kürbis gediehen, an Gerümpel, an Wäscheleinen fuhren wir vorbei.

Vom Mittelalter in die Gegenwart, sagte Herbert, als wir plötzlich Bagger, Bulldozer, Förderbänder, Tieflader in der Sonne glänzen sahen, unwirklich, wie in einem Film, der in grellen Farben Fortschritt bewirbt, oder es war ein Skulpturenpark, in dem die Maschinen als ready-mades standen.

Das war auf dem Ginthof die Ausgangsfrage, sagte ich und schaute durchs Gesicht in der Scheibe aufs Schotterwerk. *Unter welchen Bedingungen könne man den Glauben, im Mehr, in der Steigerung liege Sinn, dekonstruieren. Du verkaufst deine Seele ja nicht mehr dem Teufel, du verkaufst deine Seele der Gier.*

Ob ich zurück ins Mittelalter wolle, ob alles pfui sei, was Aufklärung und Industrialisierung gebracht hätten.

Wir haben das Verinnerlichte zu dekonstruieren versucht, sagte ich, den verinnerlichten Gehorsam dem System gegenüber. Dass du nicht weiter agierst wie am Fädchen gezogen, ohne dass du weißt, wer da am Fädchen zieht. Dass du nicht glaubst, Gier sei eine Konstante, jeder will mehr, und das sei natürlich. Du siehst dann, dass Gier keine Flügel hat, nicht inspiriert: Gier ist nicht Glück. Auch nicht die Befriedigung der Gier. Der Neoliberalismus hausiert mit dieser Lüge.

Davon hätte ich ihm ja geschrieben – im einzigen Brief, sagte Herbert, während sein Gesicht über die Scheibe glitt, der Mund weit in die Wange geschoben.

Der Bus blieb stehen, *orphanage*, sagte der Fahrer und drehte sich nach mir um, *orphanage here*. Herbert und ich zwängten uns an der Mutter mit dem Kind, am Alten vorbei, der bewundernd Herberts Hose berührte. Die Leute neben der Tür stiegen aus, um uns durchzulassen, *thank you*, sagte ich, *welcome*, erwidern die meisten. *Orphanage, straight and left*, sagte der Fahrer und Herbert war seltsam steif, als müsse er sich nach einer Haft ans Gehen gewöhnen.

✦

Rikscha-Fahrer boten ihre Dienste an. *No*, sagte ich und stellte die Füße gerade und die Stimme tough, *no, we'll walk*. Herbert grinste, ich hätte mich zur Expertin im No-Sagen entwickelt.

Heiß war's und staubig, Autos standen Stoßstange an Stoßstange, Schweine fraßen daneben im Müll, zwei Kühe lagen angepflockt auf einer Verkehrsinsel, Händlerinnen hüteten Waren auf Plastikplanen am Gehsteigrand, good price, good price.

Herbert verging das Grinsen, als wir an Ständen vorüberkamen, an denen Fleisch offen auslag, stinkend, von Fliegen umschwärmt. Angewidert nahm er den Rucksack vom Rücken, öffnete ihn, suchte ein Stofftaschentuch, schloss den Rucksack, schulterte ihn. Faltete das Stofftaschentuch auseinander, inszenierte groß den Versuch, eine Grenze zwischen sich und den Fliegen und Fleischlappen zu ziehen. Komm, sagte ich, komm und berührte ihn am Arm. Er stampfte auf, ich sei schuld an dem Ganzen, mit dem Taxi hätte er fahren wollen, aber nein, den Menschen nah sein, dieser Schmonzes, weil ja alles mit allem verbunden sei, er könne diesen Schwachsinn nicht ertragen. Quantenmechanik, Systemtheorie, Mystik und was weiß noch herhalten müsse zur Begründung dieses esoterischen Schwachsinns.

Ich drehte mich von Herbert weg, wischte mit der Hand über die Hosennaht, setzte die Schritte schnell, stieß an Menschen, spürte Herbert groß hinter mir, den Vorwurf, den er mir so oft an den Kopf geworfen hatte, Missbrauch, ich missbrauche Maja auf meinem esoterischen Selbstfindungstrip.

Milk for my baby, please, milk for my baby please, sang eine Bettlerin mit großem Nasenring. Ich nickte ihr zu und ging mit ihr in ein Geschäft, zwei Packungen Milch für ihr Baby zu kaufen. *Married? How old? How many children?* Ich hatte Zeit. Maja war glücklich gewesen, Maja hatte sich entwickeln können. Ich musste die Schritte langsam setzen und die Waren in den Regalen betrachten, ich musste aus- und einatmen. Ich musste Maja anschauen, Maja, die mir vorlas, was sie geschrieben hatte.

Maja im Haus.

Mama im Garten.

Maja in der Schule.

Mama im Wald.

Mama und Maja am Tisch.

Und meine Mama, die tot ist?

Im Himmel.

Wo ist das?

In dir. In allen Menschen.

Oder meine Mama ist wiedergeboren.

Oder deine Mama ist wiedergeboren.

Ich verließ das Geschäft, winkte der Bettlerin und bog in die Gasse, die zum Waisenhaus führte. Herbert wartete vor dem Tor, sorry, es war ihm zu viel. *Ist schon gut*, sagte ich, und antizipierte den Zustand, weil Antizipieren vor dem Tor jetzt das Beste war.

Der Pipal-Baum überragte die Mauer ein wenig weiter als vor vier Jahren; ich war nervös, wischte mit der Daumenkuppe seitlich über den Mittelfinger, die Mauer bröckelte stärker, mehr Unrat lag im Gras.

Namaste, may we enter, sagte ich zum Wachmann, der auf einem gesprungenen Plastikstuhl saß und Betelnuss kauend die Fragen vernuschelte, *where are you from, what do you want, what's your name?*

Unterm Pipal-Baum blieb ich stehen und drehte mich nach Herbert um. Herbert schützte mich davor, hierbleiben, den gestampften Boden fegen, die Statuen mit Farbe einreiben und die fremden Gebete lernen zu wollen, die ich Hanuman und Saraswati darbringen würde. Mit der Hand müsste ich wieder übers Knie fahren, über den Oberarm, ich würde mich um die Kinder kümmern.

Herbert zog mich an sich, bis ich ihn roch, Minze, Schweiß. Ich konnte mich umarmen lassen, ich konnte Herberts Herz spüren. Dann wuchs mir der Hals zu und ich löste mich schnell. Den Baum mit den Luftwurzeln habe Maja oft gezeichnet, sagte ich, und auch die Schreine darunter; die Blätter hatten mich immer an einen Schwarm kleiner Fische erinnert.

Eine Frau im Sari öffnete die Türe. Stimmen und Schritte hörten wir, *welcome, Anna, welcome, Herbert*, sagte die Frau und lud uns zum Tee ein. Herbert begann zu erzählen, Herbert verschluckte Sätze, fing Sätze wieder an. Herbert nannte Maja *empathic*, Herbert nannte Maja *awesome social*. Es sei für Maja schön bei uns und sicher auch schwierig gewesen, weil unsere Beziehung, und Herbert zeigte auf mich, nicht unproblematisch war und Maja dazwischen, between.

Nicht dazwischen, sagte ich und spürte den Zeigefinger noch immer auf mich gerichtet, obwohl er schon lange zwischen den anderen Fingern nistete, Maja habe nicht so gedacht, Maja seien Gegensätze fremd gewesen, zwischen denen sich ein Dazwischen auftue.

Wir hätten uns getrennt für ein Jahr, sagte Herbert, und Maja sei mit Anna, wieder zeigte er auf mich, in eine Kommune aufs Land gezogen. Maja habe ihm von dort sehr oft geschrieben, das habe ihn über die Zeit gebracht. Anna und Maja seien dann zurückgekommen und er habe gehofft, dass wir es noch einmal gemeinsam versuchen würden, aber Anna, wieder sein Finger, habe auf der Scheidung bestanden. Er habe sich bemüht, Maja seine Verzweiflung nicht merken zu lassen, die Situation sei auch so schon schwierig genug gewesen. Er habe das Auto gestartet und im Rückspiegel Maja winken gesehen. Er habe den Rückwärtsgang eingelegt und Gas gegeben. In dem Augenblick sei Maja ins Auto gerannt. Sie sei sofort tot gewesen.

Herbert begann zu weinen. Die Frau im Sari stand auf, umarmte ihn, hielt ihn, *it was an accident*, sagte sie, *it was an accident*, wiederholte sie immer wieder.

Ich schaute die Frau im Sari an, wie selbstverständlich sie Herbert hielt, wie selbstverständlich sie ihn streichelte.

Die Frau zeigte Herbert das Waisenhaus; auch ich schloss mich der Führung an, obwohl sich wenig verändert hatte, seit ich hier gewesen war. Kinder begleiteten uns durch die Gänge, zeigten uns hohe Räume mit dreistöckigen Betten und schmalen Kisten unter den Betten und auf Ablagebrettern. Die Freude der Kinder ging mit uns, die Freude der Kinder wurde groß, wenn sie sich auf die Betten setzten und die Truhen öffneten, um ihre Schätze auszubreiten: die Bilder der Eltern, die Bilder der Gottheiten, die Armreifen, Jeans, Bücher, Shirts, die Kugelschreiber.

Abgewohnter war alles als vor vier Jahren, aufgerissen der Boden, dunkel die Wände, schwarz fast über den Ablagebrettern und entlang der Matratzen. Ich schaute Herbert an. Wie blank er war. Wie ihn die Freude traf.

Gemeinsam gingen wir auf den Hof. Die Kinder lachten und redeten, klatschten mit Flipflops und nackten Sohlen auf den gestampften Boden, setzten sich auf Matten, die jemand vor die Schreine hingebreitet hatte. Herbert und ich wurden von der Frau im Sari an unsere Plätze geleitet. Ein Brahmane goss Wasser in unsere Hände und in die Hände der Lehrerinnen und Kinder, die ein Schlückchen in den Mund nahmen und sich ins Haar strichen, was in der Hand vom Wasser blieb.

Der Brahmane rezitierte Gebete zu Ehren Saraswatis, brachte Wasser dar, läutete ein Glöckchen, ging um den Schrein mit einer Feuerschale. Ich saß neben Herbert, berührte sein Knie, seinen Oberarm, berührte ein Mädchen auf der anderen Seite, das ein paar Jahre älter als Maja war. Ein Bild suchte mich heim: Maja kam und winkte und setzte sich nicht neben mich, setzte sich zwischen Herbert und die Frau im Sari. Ich sah das Bild, ich sah das Mädchen, dessen Knie ich links berührte, ich sah mich selbst, sah Herbert, dessen Knie ich rechts berührte.

Der Brahmane sang Mantras und zündete Kerzen an, ein kleines Kind setzte sich der Frau im Sari auf den Schoß, ein zweites Kind kam. Ich schaute mich um, an alle Erwachsenen schmiegten sich Kinder. Maja verschwand, der Brahmane goss Milchwasser aus einem Kännchen über die Statue, der Brahmane tupfte eine Paste aus Sandelholz auf das Bildnis. Kinder standen auf und rezitierten Sätze, die anderen stimmten ein in eine Art Antwortgesang. Kinder brachten Ketten aus Tagetes, die der Brahmane um die Statue legte. Zwei Ketten behielt er, bedeutete Herbert und mir aufzustehen und legte sie uns um. Wir beugten uns tief, weil wir so groß waren und so bloß.

Reis und Curry auf Bananenblättern opferte der Brahmane Saraswati, dann wurden die Speisen an alle verteilt. Die Kinder trugen die Bananenblätter an ihre Plätze, schoben sich den Reis, das Curry in den Mund, die Kinder lachten, *how old, where are you from*.

✦

Im Hotel bestellten wir Wein und ich war wütend, ohne dass ich hätte sagen können, warum – *ja, es war gut, dass wir gemeinsam im Waisenhaus waren, ja, der Therapeut hatte recht, und ja, du hast großzügig gespendet, aber es ändert nichts an der Tatsache, dass die Strukturen beschissen sind und der Neoliberalismus die Schere immer weiter auseinander gehen lässt.* Und Herbert darauf, er wolle diese Diskussion jetzt bitte nicht, wir seien ja wegen Maja hier. Und ich, *Maja und meine Sicht auf den Neoliberalismus gehören zusammen, erst mit Maja war es möglich, weniger zu wollen. Und mit Maja habe ich es nur deshalb können, weil ich glücklich war. Mit Maja habe ich glücklich sein können.*

Maja sei ihm ins Auto gerannt, sagte Herbert, Maja sei ihm absichtlich ins Auto gerannt. Und ich. *Maja war bitte ein Kind, vielleicht hat sie einen Vogel gesehen, einen Schmetterling, vielleicht hat etwas in der Luft geglänzt. Maja hat ja auf dem Land gelebt und war an die Langsamkeit gewöhnt, niemals hätte auf dem Ginthof wer in dieser Geschwindigkeit reversiert.* Dann gäbe ich ihm doch die Schuld. *Nein, tue ich nicht.* Herbert senkte den

Blick, berührte mit der linken Hand den Tisch, der Daumen verschwand an der Unterseite, Farbe wich aus den Fingern. Er würde gern bei mir schlafen. Warum um Himmels willen das auch noch? Weil er spüren wolle, dass ich ihn nicht verurteile. So ein Gefühl habe er, als hätte ich alle hellen Gedanken, alle guten Augenblicke fortgenommen, verboten, was wisse er. Herbert trank sein Glas leer, schaute auf meine Hände, meinen Hals. Bestellte noch eine Flasche Wein.

Bist du deshalb gekommen? Als wir vor dem Schrein gesessen seien, habe er, er wisse gar nicht, seit wie langem, ein gutes Bild gesehen, Maja sei zwischen uns im Bett gelegen beim Nachschlunzen, glücklich. Wir seien gemeinsam glücklich gewesen. Er habe mit Maja das Wort *nachschlunzen* geübt. Maja habe gelacht und ihm die Nase zugehalten.

Er habe ja immer obsessiv geübt mit ihr. Und er. Das gemeinsame Nachschlunzen sei ihm vor dem Schrein als Ritual eingefallen. Und ich. Ich hätte ein anderes Bild gesehen, Maja sei gekommen und habe sich zwischen ihn und die Frau im Sari gesetzt und nicht neben mich, es habe mir sehr wehgetan. Ob ich Maja oft in Gedanken sähe? Ich nahm einen Schluck und stellte das Glas langsam zurück, ich strich über das weiße Tuch, seltener, viel seltener sähe ich Maja jetzt.

Er schaute auf seine Hände, drückte seinen Daumen an den Zeigefinger, er könne gar nicht sagen, wie oft er in seinen Träumen schuld war, schuldig, du bist schuld. Zum Therapeuten habe er gesagt, er glaube, dass ich es sei. Dass ich ihn verurteile und sich das übertrage. Er legte die linke Hand auf den Tisch und die rechte darüber, der Therapeut habe ihm geraten, mir alles zu erzählen und das Waisenhaus mit mir gemeinsam zu besuchen und ein Ritual durchzuführen. *Und du denkst, dass eine Nacht im gleichen Bett das Ritual ist, das dir hilft? Ja.* Auch wenn ich es lächerlich fände. *Ich finde es nicht lächerlich, es ist nur bizarr.*

Er habe Maja sehr, sehr lieb gehabt, sagte Herbert, Maja habe er vorbehaltlos lieben können. Und ich, *bei den anderen war's ja nicht so.* Und er, er habe auch mich sehr geliebt, aber es sei weniger einfach gewesen. Und ich, *ja, die vielen anderen sind dazwischengekommen.* Und er, das habe nichts mit Liebe zu tun gehabt. Und ich, *das dachte ich anfangs auch, es stimmte nur nicht. Im Grunde war es erbärmlich. Marktwertbestimmung. Schauen, was der Körper hergibt. Wie viel er wert ist. Wie lächerlich die Theorien der 68er im neoliberalen Kontext sind.* Für mich sei der Neoliberalismus ja das Böse schlechthin, dabei helfe er aus dem Elend. *Das glaubst du wohl selber nicht, der Neoliberalismus hilft den Reichen. Und du, Herbert, gehörst zu den Reichen.* Auch ich würde zu den Reichen gehören, sagte Herbert, wer könne sich bitte einfach karenzieren lassen, sorry, muss mich finden, ich würde zu den Reichen gehören, auch wenn ich nicht dazu gehören wolle. *Ich will ja Reichtum, einen bescheidenen Reichtum für alle, oder was man hier Reichtum nennt.* Das sei hübsch und romantisch, habe aber nichts mit der Realität zu tun. *Mit meiner Realität hat das sehr wohl zu tun. Der bescheidene Reichtum, oder sagen wir, ein würdiges Leben für alle ist das Ziel.* Sorry, sagte Herbert, das bleibe hübsch und romantisch.

Er nahm einen Schluck und stellte das Glas zurück, nahm einen Krümel zwischen Daumen und Mittelfinger, bewegte ihn zwischen den Kuppen. Ob er bei mir schlafen dürfe. Und ich. *Ich komme zu dir, dann kann ich gehen, wann ich will.* Ich war wütend. Auf Herbert. Aufs Leben.

Im Lift standen wir nebeneinander, sahen uns im Spiegel, weiß war Herberts Hemd und beige seine Hose, auch seine Schuhe waren beige, mein Shirt war grau, der Rock, die Haare rot. Im Comic, dachte ich, liefe ein Sprung jetzt durchs Spiegelbild.

Wie gerne Maja Lift gefahren sei, sagte Herbert, und wie wir gelacht hätten. *Was wünschst du dir, Maja? Lift fahren* – und Maja hatte meine linke und Herberts rechte Hand gehalten und war glücklich, so glücklich gewesen, dass wir beide dran hatten teilhaben können. Dann hatten wir wieder gestritten und Maja war allein mit mir gefahren. Das ist das Ende vom Paradies gewesen, und Maja ein Kind, das seine Eltern zu erlösen versuchte.

Der Himmel, oder was ich Himmel nannte, war komplett zu, sagte ich, deshalb bin ich mit Maja auf den Hof. Dort war der Himmel nicht jenseits, oder Diesseits und Jenseits waren kein Widerspruch, manchmal zumindest. Das Denken begann sich langsam zu ändern, spaltbreit kam Weite ins Denken, oder die Ahnung davon. Der Abstand zwischen mir und den anderen war weniger groß, das war das Paradoxe an dem Spalt; selbst dann war ich glücklich auf dem Hof, als ich unglücklich war: Das Leid konnte nicht groß wachsen und mir den Hals zuschnüren und alles trüb werden lassen.

Herbert blieb stehen, sperrte die Zimmertür auf. Ähnlich, sagte ich, habe das Zimmer ausgesehen, in dem ich mit Maja genächtigt hatte. Ich zog den Vorhang zur Seite, hell die Laternen neben den Bänken, hell die Spots im Pool, blauhell, flirrend die Lichter, wenn ich länger hinschaute, unruhig die Lichtpunkte.

Maja hat sich ein Päckchen Chips an den Körper gedrückt, als wir in der ersten Nacht hier waren. Und ich bin auf den Balkon, weil ich weinen habe müssen drüber. Ich sprach laut, als sei Herbert weit weg.

Und nahm den Rucksack und ging ins Badezimmer, putzte die Zähne, zog den Pyjama an. Die Tiegelchen, Gels und Lotionen waren unberührt, Herbert hatte seine eigenen Kosmetika mitgebracht, wie fremd das Wort war, Kosmetika. Wie Kosen. Wie Cosmea. Späte Blumen, dünn wie Schmetterlingsflügel die Blütenblätter neben der Haustüre, wenige Knospen nur noch, als wir zu Herbert aufgebrochen waren.

Ich legte mich ins Bett und war Herbert dankbar, dass er ins Bad ging, ohne zu reden. Ich hörte, wie er die Duschtür öffnete mit einem Ruck, wie er gurgelte, bevor er das Wasser ins Waschbecken spuckte, beinahe vertraut, beinahe vertraut auch, wie er den Schalter drückte und im Dunklen auf den Ballen zum Fenster ging, um den Vorhang beiseite zu ziehen, er wolle das

Licht herein scheinen lassen, ob ich etwas dagegen habe. Nein.

Ich lag am Bettrand zum Fenster hin – und Herbert sich so weit von mir an den anderen Rand legte, dass nicht nur Maja, sondern ein zweites Kind Platz gehabt hätte. Übers Jochbein und die Ohren rannen Tränen in den Polster, manchmal hickste ich komisch, wischte Rotz in den Ärmel.

Ich hörte Herbert durch den Mund atmen, hörte den Lärm der Stadt als Rauschen, als Tosen. Ich sah Herberts Hand groß auf der Stoffserviette liegen. Wir hatten Versteinern und Erlösen gespielt: Die Männer, die Begehren auf die Fleischwaage gelegt hatten, hatten versteinert, auch ich hatte Begehren dorthin gelegt. Maja hat erlöst. Maja hat Apfelblüten, Wiesenblumen, Lachen, Sonne, Regen, Schatten auf die Waage gelegt.

Ich rückte vom Bettrand in die Mitte, sagte *Herbert,* und Herbert legte seinen Kopf auf meinen Arm. So lagen wir lange. Herbert roch nach Minze, nach Wein und Zitrone. Maja hat nach Brombeeren gerochen, nach Kirschen, nach Hund und nach Kühen, Maja hat nach Tamarinde gerochen, wenn sie sich länger nicht gewaschen hat. Ich hatte keine Angst jetzt, ich konnte ein- und ausatmen, Herbert schnürte mir die Luft nicht ab.

Lachen hörte ich gedämpft vom Hof herauf, unseren Atem hörte ich nah. Herbert atmete viel schneller als ich. Ich musste mich nicht daran stoßen.

Ich habe Maja jeden Tag vorgelesen, sagte ich, meistens auch Jakob und Elena. Feengeschichten sind den

Kindern am liebsten gewesen und immer haben sie die Abbildungen angeschaut, vor allem die Fee Amaryllis; die haben sie dann immer gespielt – ich bin die Fee Amaryllis, nein, ich bin die Fee Amaryllis –, oft haben sich die Kinder um die Rolle gestritten.

Leute gingen lachend über den Gang, eine Tür fiel ins Schloss, Hunde bellten. Herberts Tränen rannen mir in den Pyjama, an der Achsel spürte ich die nasse Stelle.

Herbert stand auf, ging ins Bad, schnäuzte sich, legte sich zu mir, ob mir der Arm nicht einschlafe, nein. Herbert schwitzte, roch nach geronnener Milch, ich schwitzte, roch nach Olivenseife und zerfallendem Laub, Herbert seufzte auf. Ich wagte nicht, ihn zu streicheln. Ich sah seine Hand auf der Stoffserviette.

Im Garten, sagte er, habe er einen Teich bauen lassen mit einem Mäuerchen daneben, in das er Majas Urne eingelassen habe. Lotosblumen habe er in den Teich gepflanzt. Und Schilf.

Ich habe mir den Unfall tausende Male vor Augen gerufen, sagte ich, *dann hat sich die Szene anders gezeigt, oder ich habe die Szene umgebaut: Ich habe dir nicht mehr verboten, Maja zu streicheln, ich habe dir Maja in den Arm gelegt.*

Herbert schluchzte auf, drehte sich von mir, weinte laut. *Maja ist mir ins Auto gerannt, Maja ist mir einfach ins Auto gerannt.*

Ja, sagte ich und berührte ihn, *Maja ist dir ins Auto gerannt. Wir werden nie wissen, warum. Ob sie einen*

Vogel, einen Schmetterling gesehen hat, ob es Zufall oder
Karma war. Wir lassen einfach das Warum.

✦

Auf dem Treppenabsatz schaute ich aus dem Fenster,
sah eine Frau im langen Brokatkleid eine Greisin um
die Schule führen, sah Turnschuhe, Crocs und Flipflops
vor der Schule stehen. Ciao, hatte ich zu Herbert gesagt. Und Herbert hatte mich umarmt. Ich hatte nicht
gewusst, was mit den Armen tun. Und Herbert hatte
danke gesagt, und falls ich was brauche, er sei immer
da für mich; so ein Satz aus der Soap war das gewesen
und irgendwie neu war der Satz aus der Soap.

Die Greisin blieb stehen und zeichnete eine Linie in
die Luft, ergriff die Hand der Frau im Brokatkleid dann
wieder; gemeinsam gingen sie weiter, verschwanden
hinter der Mauerkante. Auch ich hatte danke gesagt,
danke, Herbert. Nein, ich wisse noch nicht genau, was
ich machen würde. Wahrscheinlich eine Zeit lang vo-
lontieren und dann für ein paar Monate auf den Hof
zurückkehren. Zu diesem Mann? Ich würde auf den
Hof zurückkehren. Er könne mich ja besuchen.

Ich hatte Herbert schön sein lassen können, oder:
einander, wir hatten einander schön sein lassen können.
Ich hatte genug Luft, selbst als Herbert auf meinem
Arm gelegen ist. Ich grüßte den Mann an der Rezeption,
ging durch den Garten, trat auf die schmale Gasse, bog
in die Straße und tauchte in den Menschenstrom ein,

hörte Stoßen, Quietschen, Schritte, Wörter, sah Körperteile sich auf und ab bewegen, sah Köpfe mit flachen Nasen, sah Zöpfchen mit und ohne Garn und dunkles Haar offen getragen, sah geschorene Hinterköpfe und Stoffbahnen braunrot über Rücken und Schultern liegen, sah helle Kunststoffblusen und dunkle Kleider eng um Brüste und Achseln geschnürt, sah Kunststoffjacken, bunte Bänder, sah Frauen in Saris und komische Wörter gingen mir durch den Kopf, *Kindskopf, Lebensbühne,* sah beige Hosen und helle Unterhemden, sah Riemen über Schultern, Packen sah ich auf Köpfen getragen, Kinder auf Armen, Karren mit Obst und Gemüse beladen. Alle bewegten sich ähnlich schnell, ein Auf und Ab die Köpfe, die Schultern, ein Wogen die Gasse hinunter.

Auf asphaltierten Straßen, durch unbefestigte Gassen, über Stufen ging ich; wenn ich den Blick hob, verfing er sich im Wald aus Schildern, blieb hängen im Wirrwarr der Leitungen, kletterte die Fassaden hoch, verweilte in den Streifen Himmel, die sich zwischen den Häusern auftaten. Ich war nicht gesondert, nicht besonders, ich war glücklich: Ich fühlte mich der runzeligen Frau nah und der Mutter mit den Kindern, ich fühlte mich der Blinden nah, die an der Hand geführt wurde, dem Mann mit den Goldzähnen.

Und Sehen eher Spüren war, dem Schulkind mit den großen Schleifen fühlte ich mich nah, dem Alten ohne Zähne, der Frau, die Hanumans Bildnis mit Sindoor einrieb, dem Lastenträger war ich nah, den Teenagern in Jeans, den Frauen in Saris und Pajamas und mir, auch mir war ich nah.

Dann trat ich in einen Hof und meine Schritte wurden laut, blieb an einem Schrein für Saraswati stehen; verließ den Hof und tauchte wieder ins Gewimmel, wurde gestupst und gestoßen, no taxi, no shirt, no trousers, no money, no man; ich streckte meine Hand und überquerte die Straße mit ein paar anderen. Designter Mundschutz war angesagt unter den Jungen, manchmal hatte er das gleiche Muster wie die Jacken und Shirts oder korrespondierte in der Farbe, ich spürte Sandkörner, wenn ich die Zähne aufeinanderbiss.

Ich ließ mich treiben, bis ich an Plastikhöhlen, Kartonverschlägen, Bretterbuden vorüberkam, bis Dreck hoch am Straßenrand lag und Tagetes dort staubbedeckt blühten.

Plötzlich kamen Burschen auf mich zu, alte Kinder mit verfilzten Haaren und hungerfahler Haut. Ich versuchte, ihnen auszuweichen, die Burschen formierten sich, setzten drei, vier Schritte zu auf mich, rempelten mich, spuckten mir ins Gesicht, lachten schäbig, wohl dass ich eine Ahnung kriege, was mein Teil im Ganzen ist; ein Hund bellte, ein Fahrrad quietschte, Autos hupten, die Leute schauten mich an, manche, als sei nichts gewesen, manche voll Häme. Starr war ich, Schleim rann mir über die Stirne, über die Wange, Zittern ging mir durch die Beine. Ich stemmte mich gegen die Tränen, die hochstiegen am Lid und den Blick so verspiegelten, dass ich das Nahe: die Frau im Sari nicht sah, die fast schon neben mir stand und mit der Rechten durch die Luft wischte und *come,* sagte, *come,* so beruhigend sagte, dass ich mich an der Hand nehmen und die Stufen hinaufführen und in einen Plastiksessel mit zersprungenen Armlehnen wie auf einen Thron setzen ließ. Die Frau deutete, dass ich bleiben solle und verschwand hinter dem Jutesack, der an Nägeln vor dem Eingang befestigt war. Ich schluchzte und wischte die Tränen nicht ab. Leute starrten mich an, Leute deuteten auf mich.

Die Frau kam mit einem Blechnapf und einem Tuch, die Frau tränkte das Tuch und wrang es aus, wischte mir den Schleim von Wange und Stirn, putzte ihn aus meinem Haar. Feucht war das Tuch, nicht zu nass, aufmerksam war die Frau, furchtbar stank das Tuch. Wie ein verlorenes Huhn hockte ich da auf dem Plastikstuhl und wurde angeglotzt.

Ich stand auf, umarmte die Frau und setzte meinen Weg fort mit Tränen und zitternden Knien. Ich drehte mich um und winkte der Frau. Sie winkte zurück, ich sah die helle Handfläche, die dunklen Haare, den Sari und behielt es als gutes Bild, das ich zu den guten Bildern legte.

Im Double Dorje setzte ich mich an den Tisch, an dem ich mit Liza gesessen war und bestellte Momo-Suppe bei einer Frau in tibetischer Tracht, die zur Kochstelle ging, die Suppe aus einem Topf in einen Teller zu schöpfen und vorsichtig durch den Raum zu tragen und vor mir abzusetzen.

Ich nahm drei von den dünnen Servietten in Tischmitte, legte sie übereinander, schnäuzte mich, schaute zur Frau hin, die vom Herd aufblickte. Ich löffelte die Brühe, die Kohlblätter, die Momos. Die Tür wurde aufgeschoben, ein paar Männer kamen herein und setzten sich an den Tisch neben mir, bestellten auch Suppe.

Frittatensuppe hatte Maja beim Keuschnwirt immer gegessen, was willst du, Maja, Frittatensuppe, *Frittatensuppe*. Dann saß meine Mutter neben mir, hielt mir einen Löffel voll Grießsuppe hin, während ich selbst mit einem kleinen Löffel in der Suppe rührte, die Mutter streifte den Löffel am Tellerrand ab, führte ihn mir zum Mund; ich öffnete den Mund und die Mutter lächelte dabei. Ich lächelte zur Frau hinüber, die zu mir an den Tisch kam, *two sons*, sagte sie und hielt Zeige- und Mittelfinger in die Luft, *one son dead: Tibet* und fuhr sich mit den gestreckten Fingern über den Hals, *one son abroad*. *One daughter,* sagte ich, und: *dead* und: *accident*. Und waren wir einander herznah ein paar Atemzüge lang. Dann nickte die Frau und trat an den Nachbartisch, von den Männern dort gerufen, hob den Kopf und schaute zur Türe, durch die jetzt neue Gäste traten.

✦

Ich fühlte mich den Gebrechlichen mit dem dünnen Haar nah, den Hinkenden, Schwankenden, die an der Hand geführt wurden, ich fühlte mich den Bettlerinnen,

Verkäuferinnen, Schuhputzern, Geldwechslerinnen, die am Straßenrand saßen, nah, und den Touristen, die an ihnen vorübergingen. Ich stieß an Oberarme, an Ellbogen, ich stellte mir ein Zuhause vor, sah Mira, Dieter, sah Jakob und Elena, sah Georg und Herbert, ja, Herbert sah ich auch.

Ich ging in einen Internetshop und schrieb, seit ich weggegangen war, die erste Mail.

Hallo Herbert,

bin froh, dass du da gewesen bist. Besonders möchte ich dir danken, dass du auf den Besuch im Waisenhaus bestanden hast. Ich wünsche dir weiter die Freude, die dort so deutlich war. Ich übe jetzt, die Hand weiter aufzumachen und von der Sehnsucht nach Maja zu lassen, ich meine die Sehnsucht, die das Leben frisst.

Wie geht es dir? Gerne kannst du eine Zeit lang auf den Ginthof kommen, ich meine, weil Maja dich so innig dorthin eingeladen hat.

Das Elend springt mich hier immer deutlicher an, die Strukturen, die dieses Elend begründen. Mangel und Gier gehören zusammen, beide stehlen Leben.

Ich umarme dich.

Anna

Georg wollte ich noch schreiben. Ob alles in Ordnung sei, fragte der Mann, der den Internetladen führte, *do you need anything*. Ich lachte, *a cup of tea, please* und stellte meine Beine anders auf den Boden neben den

Teppich, der vor Schmutz starrte und sich auflöste an den Rändern.

Hallo Georg,

es geht mir viel besser jetzt. Hab Maja gehen lassen. Es ist mir sehr schwer gefallen, eine Frau hat mir geholfen. Die Frau ist Fremdenführerin, vor allem aber ist sie Seelenführerin. Wir haben kaum geredet anfangs, Liza hat mich gehalten und gestreichelt, dann hat Liza die bizarrsten Geschichten erzählt. Man könnte sie als Anarchistin bezeichnen, keine Axiome, keine Dogmen, nur Achtsamkeit und die Überzeugung, dass alles Deutung ist, Erzählung.

Ich stelle mir vor, dass ich auf dem Ginthof neben dir auf der Bank in der Frühlingssonne sitze, vielleicht können wir uns im April für ein paar Tage auf den Ginthof treffen. Ich habe auch Herbert eingeladen, es war ja Majas Wunsch, dass wir gemeinsam auf dem Ginthof leben.

Eine Zeit lang werde ich noch bleiben und in einer Armenküche oder in einem Kinderheim arbeiten.

Ich hoffe, es geht dir gut. Umarme dich,

Anna

Ich sah mich von der Seite: Anna, die ihr Kind abgöttisch liebt und meschugge, anarchistisch wird, Anna, die den Leuten die Spiele verdirbt, Kreuzchen in Zahnräder wirft, Anna, die aufs Land in die Kommune zieht mit dem Kind und glücklich ist und sich verliebt, Anna, die in die Stadt geht nach dem Jahr zum Vater vom Kind, der den goldenen Käfig auf dem Finger balanciert und das Kind überfährt, oder das Kind läuft ins Auto hinein, und sie das Kind halten muss, und sie das Kind nicht gehen lassen kann, bis alles undeutlich ist; Anna, die lernt, die Hand aufzumachen, das Handherz, und der Krampf in den Kiefern sich löst.

Ich zahlte und verließ den Internetshop, den anderen würde ich ein andermal schreiben und gab den Bettlern, weil ich ja glücklich war, teilte aus von dem Geld, das ich im Hosensack und lose in der Außentasche hatte. In Fetzen waren sie gekleidet, sie starrten vor Schmutz, die Zähne orangerot von der Betelnuss, sie stanken nach Alkohol, ihre Gesichter entstellt und wüst.

✦

Ich ging heiter, beinahe heiter, im Nachmittagslicht, das die Schatten lang und filigran machte, ging durch gepflasterte Gassen, vorbei an Mauern und Zäunen, hinter denen gepflegte Häuser und kleine Gärten lagen, die ich zwischen Gitterstäben und durch Tore, die für Momente offenstanden, sah, Mandel-, Marillenbäumchen, Hibiskussträucher. Die da wohnten, kämpften nicht ums nackte Überleben, die da wohnten, verteidigten das Bisschen, das sie sich herausgeschlagen hatten: Nicht nur die Scherben auf den Mauern, die zugespitzten Stäbe, die schnell sich schließenden Tore, auch die Einrichtungen für Habenichtse an der Grenze dieses Viertels deuteten es an.

Vor einer der Armenküchen blieb ich stehen; Bettlerinnen mit Kindern auf dem Arm, windschiefe Alte,
Straßenkinder, Versehrte in Rollstühlen, Versehrte auf
Wägelchen stellten sich an. Versehrt, dachte ich, ver-
sengt, verkehrt. Welcome, stand an der Tür. Menschen
saßen auf Matten oder hockten auf dem Boden, ein
Tisch mit Töpfen stand zur Seite hin, Volunteers standen mit Schöpfkellen daneben.

Ob ich mich umschauen dürfe. Wenn ich ein wenig
Geduld hätte, würde er mir nicht nur die Küche, sondern auch die Werkstätten, die Schule, die Klinik, das
Heim zeigen. Eugenijus war Softwarespezialist aus Riga
und stellte mir Mary, die Architektin aus Melbourne
und Jenny, die Köchin aus Bhaktapur vor, die lachte und
ihre weißen Zähne zeigte. Die Köchin sei angestellt wie
die Werkstättenleiter, der Arzt und drei Lehrer, sagte
Eugenijus, sonst gebe es nur Freiwillige, Betreuer für
die Werkstätten, Helfer für Küche und Garten, Hilfs-
lehrer.

Die Volunteers luden mich auf Löskaffee und ein
Stück Torte ein, sie würden nach der Arbeit Marys
Geburtstag feiern. An einen Holztisch saßen wir, der
mich an zu Hause erinnerte, ein quadratischer Tisch mit
Trittholz, auf den wir unsere Füße stellten, Mike, An-
gie, Sebastian, Jean, Jorge, Mary, Jenny, Eugenijus und
ich. Eugenijus aus Riga war Buddhist und hob den Teller, hielt inne, bevor er zu essen begann, auch ich hielt
inne, während die anderen sofort zu essen anfingen. Sie
redeten über Naheliegendes: über Visaverlängerungen,

Fußfehlstellungen, Zahnbehandlungen, Reiserouten. Auch auf dem Ginthof waren wir ähnlich konkret gewesen, hatten über Getreide, Nachbarn, Blumen, Gemüse, die Tiere geredet und waren manchmal über Naheliegendes hinaus zu Landauer, Arendt oder Chomsky gesprungen.

Auf dem Weg ins Guesthouse sprach mich eine Frau mit einem Baby im Arm und zwei Kindern, die im Dreck neben ihr saßen, an, streckte die Hand, berührte mich, *mother? You mother? Yes,* sagte ich, *one child*; die Frau nickte, wiegte das Kind. Hübsch war die Frau, jung, an die 20 Jahre.

Auch am nächsten Tag saß die Frau vor dem Guesthouse mit ihren Kindern, *tea, tea, in my home, please*, sang sie und war auch am übernächsten Tag da, *tea, tea, in my home, please*, und ich nickte und begleitete die Frau und die Kinder mit Paulinchengefühl, und Minz und Maunz, die beiden Katzen erhoben ihre Tatzen, auf keinen Fall in die Slums, immer wieder würden Leute eingeladen und unter Druck gesetzt oder erpresst, kein falsches Engagement, bitte – da waren sie wieder: Herberts Worte, Herberts Sorgen – ich musst lächeln darüber.

Ein Lächeln, das mir verging auf dem tief ausgetretenen Weg über die Halde in das Reich aus Plastikverschlägen und Dreck. Die Frau verscheuchte die Leute, die uns folgten, Frauen mit Babys, Kinder in Lumpen, zahnlose Alte. Auf Holzgestellen schnepften Männer Plastikplättchen, grinsten gemein und warfen mir

Anzügliches nach. Wie im Triumph schritt die Frau vor mir, als kehre sie mit reicher Beute heim, *come*, sagte die Frau und drehte sich um, *come*, und blieb vor einem der Verschläge stehen, zog einen Fetzen zur Seite und schob mich hinein. Eine Pritsche und eine Feuerstelle waren in dem Verschlag. Auf die Pritsche, von der die Frau eine löchrige Decke und ein paar Gewandstücke nahm, solle ich mich neben die Kinder setzen, das Baby legte die Frau auf den Boden und zündete daumendicke Ästchen an, die sie in die Kuhle am Eingang schichtete, legte einen Rost darüber. Aus einem Napf schüttete sie Wasser in einen Topf, legte den Kopf zurück und goss sich vom Wasser in den Mund, den Napf soweit hebend dabei, dass sie mit ihm nicht in Berührung kam. Elegant, wie sie den Napf schräg über den Mund hielt, elegant, wie sie den Topf auf den Rost stellte.

Wir schwiegen, die Kinder zupften an mir und wurden von der Mutter zurechtgewiesen. Ich saß starr auf dem Pritschenrand, Maja war wahrscheinlich in so einem Slum auf die Welt gekommen, *fresh milk*, sagte die Frau und lachte stolz, schnitt den Beutel, den sie aus ihrer Tasche zog, auf, goss Milch zum Wasser, fuhr mit drei Fingern in eine Dose, griff nach Teeblättern und warf sie in den Topf.

Die Kinder zupften wieder an mir wie an einem goldenen Vögelchen. Ich schaute die Kinder an, Maja, Maja, und stand auf, trat so weit von der Pritsche wie es die Raumgröße erlaubte und kramte aus meiner Tasche die Broschüre, die ich aus der Armenküche mitgenommen hatte. Eugenijus hatte sie mir überreicht. *Look*, sagte ich den Kindern und deutete auf die Bilder, die Kinder auf dem Hof spielend zeigten, in einem Klassenzimmer sitzend, sich die Hände waschend, um einen Tisch sich versammelnd. Die Kinder deuteten aufgeregt auf eines der Bilder und riefen die Mutter, die sich erhob und an die Pritsche kam, *yes*, sagte sie und bohrte dem Kind links auf dem Bild ihren Finger in den Kopf, *it's Noemi. Noemi: school, Noemi: good pupil*, die Kinder deuteten aufgeregt gegen die Plastikwand, *neighbour*, sagte die Frau und lachte stolz, *Noemi: neighbour*. Das Baby rollte auf den Bauch, Sandkörner klebten ihm auf der Haut, die die Mutter mit flacher Hand vom Hintern und vom Rücken streifte, das Baby quietschte vor Vergnügen dabei. Der Tee wallte auf.

Die Frau rückte den Topf an den Rand des Rosts, die Frau zog sich das Sari-Ende wie einen Schleier über den Kopf und tätschelte mit der anderen Hand das Kind, *Noemi: neighbour*, wiederholten die Geschwister. *Your child*, sagte die Frau plötzlich und hob die Hand vom Kind und, *you, mother*. Ich erschrak, Himmel, Maja. *Me not mother*, sagte ich und deutete auf mich, *me not this child's mother*. Ich stand auf, setzte größeren Abstand zwischen die Frau, die Kinder und mich, auch wenn er nur Zentimeter maß. *You, mother*, wiederholte die Frau wieder und zeigte auf mich. *No*, sagte ich und nahm den Becher nicht an, den mir die Frau voll Tee in die Hand zu drücken versuchte. Die Frau stellte den Becher auf den Boden, *no sugar*, sagte sie, *nothing to eat*.

Ich zog die Börse aus der Tasche, sah aus den Augenwinkeln die lauernden Blicke der Frau und drehte mich zur Seite beim Öffnen der Börse – kam mir blöd vor –, nahm ein Bündel Rupien, gab sie der Frau. *I want to leave now.*

In dem Moment duckte sich ein Mann in den Verschlag. Der Mann war betrunken, griff nach mir, *no*, sagte die Frau, fasste mich bei der Hand, rief den Kindern ein paar Wörter zu, zog mich aus dem Verschlag, lief mit mir zwischen den Plastikverschlägen an den spielenden Männern, an stillenden, starrenden Frauen, an Kindern vorbei, dann den ausgetretenen Weg entlang, gleich groß waren wir, weil ich im Weg unten und die Frau am Damm oben lief. Über die Halde bis zu den Häusern, aus denen Bewehrungsstäbe ragten, liefen wir, Rettich, Bohnen, Papaya-Bäume wuchsen in Gärten, meine Hand war nass, *bye*, sagte die Frau, *bye*, sagte ich und lief weiter, wischte mir die nassen Hände an der Hose seitlich ab.

Als ich in die Straße bog, blieb ich stehen ganz außer Atem mit zitternden Knien. Ich setzte mich auf die Stufen vor einem der Läden, die Bronzestatuen feilboten, zornvoll und verzückt und in bizarren Verrenkungen standen die Gottheiten hinter den Scheiben. Zwei Kinder begannen mit verknäuelten Kabeln Footbag zu spielen.

✦

Ich schenkte mir Tee ein aus der groß geblümten Thermoskanne, hielt mit beiden Händen die Tasse, schaute auf die Marillenbäumchen, die Hibiskussträucher, schaute auf das kurz geschnittene Gras, aus dem die Frauen Kräuter gezupft und gestochen hatten, an manchen Stellen waren kahle Stellen zu sehen. Auf dem Ginthof hatten wir nach vielen Diskussionen Unkraut zum Unwort erklärt und Beikraut gesagt und waren dafür von den Bauern ausgelacht worden, es sei blunzn, hatten die gesagt, ob wir das, was wir ausrissen, Bei- oder Unkraut nennten. Wenn wir das, was wir sagten, ernst nähmen, müssten wir das Beikraut stehen lassen und pflegen. Ich schaute auf den Salat, der hell, als habe er ein Grünlicht aufgesetzt, zwischen den Tagetes wuchs; Mariegold, Mariegold, sie flochten daraus Ketten für Lebende und für Tote.

Eine Bewegung ging durch mich, ein Seufzen, ein Aufseufzen, das von tief unten kam, vom Grund der Seele oder vom Beckenboden und im Körperinneren etwas öffnete, eine Schnürung, Verspreiztes. Vielleicht ordneten sich die Zuschreibungen anders, vielleicht nahm Maja anders Platz in mir oder ich bot Maja einen anderen Platz an, jedenfalls sang ich zum ersten Mal, seit Maja tot war. Ich sang Majas Lieblingslied, ich sang vom grünen Pferd, und blau, ja, blau war das Pferd auch. Bilder tauchten auf, Bilder tauchten ab, wir saßen am Feuer, erzählten und sangen, die Bilder waren lose, gehörten der Weite, dem Möglichkeitsraum. Ich sang für Maja, ich sang auch für Herbert, ich sang für den

Hibiskusstrauch, fürs Gras, ich sang für die Katz, ich ließ das *für* weg. *Da hat das blaue Pferd, sich einfach umgedreht, und hat mit seinem Schwanz die Fliege weggefegt. Die Fliege war nicht dumm, sie machte sum sum sum, und flog mit viel Gebrumm ums Schaukelpferd herum.*

Der Kellner kam in den Garten und fragte, ob ich was brauche. Ich schaute ihn an, lächelte und merkte, wie befremdlich ich ihm erschien, *nein*, sagte ich, *nein, danke, ich brauche jetzt nichts.*

Birgit Pölzl

Die Autorin und Herausgeberin zahlreicher
Veröffentlichungen lebt in Graz. Sie studierte
Germanistik und Kunstgeschichte und war
Leiterin des Literaturbereichs im Grazer
Kulturzentrum bei den Minoriten. Bei Leykam
erschienen bereits *Das Weite suchen* (2013), das
die Vorgeschichte der Figuren in *Von Wegen*
erzählt, sowie die Romane *Seidenschrei* (2007)
und *Zugleich* (2003).

Anna, Georg und Klaus haben genug vom hektischen Leben in der Stadt, genug von der Enge des Berufs und der treibenden Karriereleiter. Sie suchen das Weite und fliehen vor ihrer Vergangenheit aufs Land, auf den Ginthof, wo sie zusammen mit acht anderen Personen pflügen, mähen, melken. Dort schlagen sie den Gong zum gemeinsamen Frühstück unterm Lindenbaum und spielen mit ihren Kindern in der nassen Wiese. Doch dort holt sie auch ihre Andersartigkeit ein, wenn die Keuschnwirtin sie nicht leiden kann; holen sie ihre Beziehungen ein, mitgebrachte Verletzungen und Brüche in ihrem Leben, die das filigrane Gefüge der Hofgemeinschaft immer wieder infrage stellen.

Und inmitten eines von außen misstrauisch beobachteten Kommunen-Alltags beginnt der Wunsch nach einer achtsamen Lebensform Gestalt zu gewinnen: Langsamkeit, Widerständigkeit, Dilettantismus eröffnen auf paradoxe Weise tatsächlich neue Wege. Und fordern schließlich dazu heraus, Erfahrungen mit den Menschen in der Umgebung zu teilen, was zu beklemmenden wie anrührenden Begegnungen führt.
Mit ironischer Distanz erzählt der Roman von minimalen Änderungen in der Wahrnehmung seiner Figuren und deutet kleine Wandlungen im Denken und Tun an – als erste, ungelenke Schritte im Versuch, sich jenseits gewohnter Lebens- und Denkmuster neu zu (er)finden.

»Birgit Pölzls Roman wird jene Leserinnen und Leser interessieren, die eine gewisse Affinität zu anderen Lebensformen, zu einer Art Anarchie ohne Gewalt und zu einem langsamen Landleben sowie einer Dorfprosa haben und denen sanfte Gesellschaftskritik schon immer die liebste war.«
Janko Ferk, *Die Presse*

Literaturpreis der Steiermärkischen Sparkasse 2013

Georg Petz
Der Hundekönig
Vierzehn Erzählungen aus einer Nacht

leykam:

Der Hunde könig

GEORG PETZ

Vierzehn Erzählungen
aus einer Nacht

In dieser Mittsommernacht ist alles möglich, alles gerät in Bewegung. Traum und Wirklichkeit verschwimmen zunehmend, als sich vierzehn Erzählungen ihren Weg durch Selbstfindung, Erwachsenwerden, Beziehungsbildung und -auflösung, Sexualität und Gesellschaftsbild bahnen.

Unabhängig voneinander und doch untrennbar verwoben, führt Georg Petz durch jede einzelne Geschichte und präsentiert ein kleines Welttheater an einem See, an dem alles gewöhnlich und absurd zugleich zu sein scheint. Spiegelbild und Realität fallen in eins und Risse laufen durchs Leben der Charaktere, die sich einen Moment zuvor noch im Schutz der Normalität wähnten.

Ohne Rücksicht auf erzählerische Konventionen verschiebt jede Geschichte in diesem Buch die Grenze zwischen Fremdem und Vertrautem, zwischen Leser und Gelesenem ein wenig weiter zu einem »Nachtstück« von musikalischer Intensität.

Ein überraschender, melancholischer, abgründig komischer Erzählband voller Leidenschaft und Leben, in dem vierzehn Erzählungen in einer Nacht ihren gemeinsamen Kristallisationspunkt finden.

Georg Petz wurde 1977 in Wien geboren und studierte Anglistik und Germanistik. Er ist Mitwirkender bei der Jugend-Literatur-Werkstatt Graz und der Literaturzeitschrift *Lichtungen*. Seine Publikationen erscheinen im Rundfunk und in Literaturzeitschriften. Zahlreiche Auszeichnungen, Literaturstipendium der Stadt Graz, Einladung zum Ingeborg-Bachmann-Preis, Staatsstipendium und Finale des MDR-Kurzgeschichtenwettbewerbs.

Covergestaltung: Malanda-Buchdesign, Andrea Malek
Coverfoto: Getty Images
Layout: Taska Grafik, Martin Hofbauer
Satz: Leykam Buchverlag
Gesamtherstellung: Leykam Buchverlag
www.leykamverlag.at

ISBN 978-3-7011-8160-5

Die Drucklegung des vorliegenden Bandes
wurde unterstützt durch:

≡ Bundesministerium
   Kunst, Kultur,
   öffentlicher Dienst und Sport